Horst Kröber

Mord im Prinzengarten

Horst Kröber

Mord im Prinzengarten

Kriminalroman

Genuss [krimi] bei KSB

Bibliografische Information der Deutschen Nationalbibliothek
Die Deutsche Nationalbibliothek verzeichnet diese Publikation in der Deutschen Nationalbibliografie; detaillierte bibliografische Daten sind im Internet über www.dnb.de abrufbar.

Die geschilderte Handlung ist frei erfunden. Eventuelle Ähnlichkeiten mit lebenden oder bereits verstorbenen Personen sind zufälliger Natur.

1. Auflage 2015

Umschlaggestaltung: Atelier Reichert, Stuttgart
Umschlagabbildung: Horst Kröber, Kippenheim
Druck und Bindung: GRASPO CZ, Zlin
ISBN 978-3-945195-63-5
Originalausgabe
www.genusskrimi.de

Für meine jüngste Tochter Lisa, deren Courage und Durchhaltevermögen ich bewundere und die auch mich dadurch motiviert, mich an Sachen zu wagen, die mir vorher unmöglich schienen. Danke Lisa; lass dir weiterhin die Lust am Leben und die Freude an deiner Arbeit trotz aller Widrigkeiten nicht nehmen. Wir sind auch trotz der großen Entfernung stets gedanklich miteinander in Verbindung!

01 »Caro, was ist los, was hast du denn?« Karl Schneider betrachtet erstaunt seinen Hund, der sich auffallend komisch verhält. Dabei ist eigentlich alles wie sonst. Die gleiche Uhrzeit, die gleiche Strecke; ein asphaltierter Feldweg bei Grafenhausen parallel zur Autobahn, gesäumt von hochgewachsenen Maisfeldern. Alles wie immer. Doch läuft Caro nicht wie sonst zehn bis fünfzehn Meter vor ihm her, sondern bleibt stehen. Die Hundedame benimmt sich gar nicht ladylike. Den Kopf zum Maisfeld gewandt, die Haare gesträubt, knurrt sie bedrohlich und bleckt ihre Zähne. Sie springt plötzlich nach vorne, dann wieder zurück, als ob sie vor etwas Angst hätte. Langsam bewegt sich Karl Schneider auf sie zu. Bei ihr angekommen sieht er, dass eine Schneise in das Maisfeld gebrochen wurde. Vorsichtig geht er tiefer in das Feld hinein. Sein Hund, weiterhin knurrend, folgt ihm. Er leint ihn an. Dann hört die Schneise plötzlich auf. »Mein Gott«, entfährt es ihm. Schon fängt der Hund wieder laut zu bellen an. Links der Schneise liegt eine leblose Gestalt. »Nicht anfassen«, murmelt er leise vor sich hin, »nur nicht anfassen.« Er ist kalkweiß im Gesicht und kaum fähig zu denken. Instinktiv nimmt er sein Handy aus der Tasche und wählt die 112.

02 Nina Zinsendorf schüttelt den Kopf, probiert noch einmal und schaut ungläubig.

»Schmeckt der Wein nicht, oder was guckst du so skeptisch«, fragt Schatzhauser.

»Der Wein ist nicht schlecht, entgegnet die Sommelière

dem Kommissar. »Aber irgendetwas stimmt nicht mit ihm. Ich habe vor einiger Zeit den gleichen Wein getrunken, einen 2009er-Spätburgunder vom Weingut Balthasar; dieser hier schmeckt aber völlig anders. Seltsam.«
Beide sitzen sie in einem Restaurant in Offenburg und lassen es sich gut gehen. Nina hatte Schatzhauser angerufen und gefragt, ob er nicht Lust habe mit ihr Essen zu gehen. Dieser hatte sogleich zugesagt. Jetzt sitzen sie bei Sauerbraten vom Wildschwein und schlürfen ihren Rotwein. Nina ruft den Wirt und bittet ihn, ihr die Flasche zu zeigen. Der Wirt kennt die Sommelière und ist deshalb auch nicht verwundert bei deren Wunsch. Er geht, bringt die Flasche an den Tisch und Nina schaut sich das Etikett an. 2009er-Spätburgunder vom Weingut Balthasar. Auch alle anderen Angaben wie Prüfungsnummer und Alkoholgehalt lassen keine Schlüsse zu, dass an dem Wein irgendetwas nicht in Ordnung ist.

»Haben sie den Wein direkt beim Weingut gekauft?«, will Nina von dem Wirt wissen.

»Nein«, antwortet dieser, »bei einem Weinhändler. Bei ihm sind die Weine günstiger als beim Erzeuger, da er als Großabnehmer bessere Konditionen hat.«

»Würde es ihnen etwas ausmachen, mir eine Flasche davon mitzugeben; natürlich gegen Bezahlung?«

Jetzt schaut der Wirt doch ein wenig misstrauisch und will wissen, ob der Wein nicht in Ordnung sei. Nina beruhigt ihn und gibt ihm zu verstehen, dass sie es nur aus Eigeninteresse macht. Sie möchte gerne diesen Wein mit einer Flasche desselben vom Erzeugerbetrieb vergleichen.

Der Wirt tut ihr den Gefallen, verlangt dafür kein Geld, möchte aber über das Ergebnis des Vergleichs informiert werden. Nina sagt ihm dies zu. Bevor sie sich wieder Schatzhauser zuwendet, klingelt dessen Handy. Nach kurzer Zeit ist das Gespräch beendet.

»Es gibt Arbeit, Nina, ich muss nach Grafenhausen. Dort hat man in einem Maisfeld eine Leiche gefunden.«

»Schade«, bedauert Nina den Aufbruch des Kommissars. »Du bringst dich um ein tolles Dessert.«

Auch Schatzhauser bedauert den plötzlichen Aufbruch, winkt dem Wirt, bezahlt und verabschiedet sich von Nina mit den Worten: »Bis demnächst und ruf an, wenn du dein Seminar Wein und Schokolade hältst.« Dann verlässt er das Restaurant und ruft seinen jungen Kollegen Fridolin Oesterle an.

03 Spurensicherung und Gerichtsmediziner sind schon an dem gut ausgeleuchteten Tatort und haben ihre Arbeit aufgenommen, als die Kommissare Schatzhauser und Oesterle dort eintreffen.

»Gibt's schon erste Ergebnisse?«, will Schatzhauser wissen.

»Sieht schlecht aus, Leopold«, antwortet ihm Walter Schätzle, der Chef der Spusi. »Keine Papiere, keine Hinweise darauf, wer der Tote ist. Nur eines ist sicher. Der Fundort hier ist nicht der Tatort. Das zeigen die Schleifspuren, die vom Anfang des Maisfeldes bis zur Leiche führen. Der Tote muss mit einem Auto bis hierhin gefahren worden sein.«

Wie lange er denn schon da liege, will nun Oesterle von dem Gerichtsmediziner wissen.

»Eindeutige Ergebnisse gibt es erst nach der Obduktion. Was ich jedoch jetzt schon mit Bestimmtheit sagen kann, ist: Er ist mindestens schon vierundzwanzig Stunden tot. Todesursache; ein gezielter Schuss in die Stirn aus kurzer Entfernung. Deutet fast auf eine Art Hinrichtung hin.«

»Wenn Sie jetzt noch sagen können, wer es gewesen ist, hätten wir den Fall ja schon gelöst«, meint Schatzhauser scherzhaft zu den Vermutungen des Mediziners.

»Irgendetwas müssen wir doch auch noch für euch übrig lassen«, kontert seinerseits der Arzt und grinst.

»Wir erwarten ihre Abschlussberichte«, wendet sich Schatzhauser dann an Arzt und Schätzle gleichermaßen. Dann bespricht er mit seinem jungen Kollegen die weitere Vorgehensweise. Mitten im Gespräch wendet sich Oesterle noch einmal dem Toten zu. »Mir ist da etwas aufgefallen, Leopold«, begründet er die nochmalige Überprüfung. Er bückt sich und beschäftigt sich eingehend mit den Schuhen des Toten. »Seltsam«, spricht er mehr zu sich selbst als zu seinem Kollegen. »Diese Schuhe passen so gar nicht zu seinem anderen Äußeren. Diese Schuhe sind zwar verdreckt, aber es ist deutlich zu erkennen, dass es Maßarbeit ist. Diese Schuhe sind mindesten ihre drei bis fünfhundert Euro wert. Die hat ein Schuster von Hand gefertigt. Es muss also einen Leisten für diesen speziellen Schuh geben. Dieser Leisten ist dem Fuß des Trägers angepasst also ein Unikat und somit unverwechselbar. Wenn wir den Leisten finden, wissen wir, wer der Tote ist.«

Schatzhauser ist sichtlich überrascht und mit offenem Mund hört er seinem jungen Kollegen zu.

»Du kannst den Mund wieder zumachen, Leopold«, lacht dieser. »In dem kleinen Dorf, in dem ich geboren wurde, gab es in der Nachbarschaft einen Schuster. Wir brachten unsere Schuhe dorthin, wenn sie kaputt waren. Als Kind hat mich dies alles fasziniert. Die Werkstatt, die Geräte, die Maschinen, angetrieben durch breite Keilriemen, die in unterschiedlichen Übersetzungen unter der Decke des Raumes angebracht waren. Ein paar Mal durfte ich den großen schwarzen Hebel runter drücken, wodurch sich wie von Zauberhand die Maschinen in Bewegung setzten. Es surrte und brummte, es klopfte und hämmerte. Während der Schuster mit gekrümmtem Rücken den Schuh auf seinen Leisten gespannt hat, um ihn zu bearbeiten, erzählte er mir, was und warum er dies oder das machte. Ich hörte zu, es war für mich wie eine fremde Welt. Und während ich so da saß, stieg mir dieser wunderbare Geruch von Lösungsmitteln und Klebstoff in die Nase und ich wollte gar nicht mehr weg. Jede freie Minute saß ich da und lauschte dem alten Mann. Mit sechs oder sieben Jahren wollte ich nur eines: Schuster werden.«

»Gib's doch zu, du wolltest es nur des Schnüffelns wegen«, unterbrach ihn Schatzhauser verschmitzt, um dann direkt die Begründung nachzuschicken. »Das hast du ja dann auch zu deinem Beruf gemacht. Du bist im übertragenen Sinne Schnüffler geworden.« Beide lachen aus vollem Hals.

Doch schnell wird Schatzhauser wieder ernst. »Gut gemacht, Frodo, sehr gut.«

Dann bittet Oesterle, Walter Schätzle, den Leiter der Spurensicherung, dem Toten einen Schuh auszuziehen. Dieser guckt verdutzt, löst dann jedoch die Schnürsenkel zieht den Schuh vom Fuß des Toten und gibt ihn Schatzhauser. Dieser betrachtet die Innenseite des Schuhs. Ein wenig verwaschen zwar, aber trotzdem noch zu erkennen, ist dort der Name Magritte zu lesen. Unter dem Namen ist eine Art Logo zu sehen, welches aussieht wie eine Pfeife. Oesterle grinst, als er das sieht. »Muss ein lustiger Mann sein, oder vielleicht auch eine Frau. Er trägt den gleichen Nachnamen wie der berühmte Maler. Und sein Logo ist einem Bild dieses Malers entnommen.«

»Was du nicht alles weißt«, kommt Schatzhauser nicht aus dem Staunen heraus.

»Den Schuh nehmen wir mit, Walter«, wendet er sich dann Schätzle zu. »Wenn eure Untersuchungen keinen Anhaltspunkt zur Identifizierung des Toten geben, versuchen wir es auf diesem Weg. Wir warten also auf eure Ergebnisse.« Mit diesen Worten verabschieden sich die beiden Beamten.

Was den Tathergang betrifft, sind sich beide sicher, dass

es keine verwertbaren Zeugenaussagen geben wird, da die Fundstelle doch ein gutes Stück vom Dorf entfernt liegt. Trotzdem wollen sie in der regionalen Presse um sachdienliche Hinweise bitten. Vielleicht beschert ihnen der Zufall ein Ergebnis. Außerdem wollen die beiden Beamten ein Foto der Leiche in die Presse setzen und hoffen, dass ihn jemand vermisst und man seine Identität lüften kann. Das ist wenig, das wissen sie, aber sie wollen nichts unversucht lassen. Für beide gibt es hier nichts mehr zu tun. Sie verabschieden sich und fahren zurück nach Hause.

04 Nina hat dies mit dem Wein vom Weingut Balthasar keine Ruhe gelassen. Gleich am nächsten Morgen setzt sie sich in ihr Auto und fährt nach Herbolzheim. Unterwegs fragt sie sich immer wieder, ob sie sich nicht doch getäuscht hat? Aber normal passiert ihr das nicht. Wenn sie einen Wein getrunken hat und ein paar Tage später den gleichen noch einmal, hat sie sich bisher noch nie geirrt. Gleich wird sie Gewissheit haben.

Sie parkt ihren Wagen vor dem Weingut, geht den Kiesweg entlang und klingelt am Eingang. Es ist der Hausherr selbst, der öffnet.

»Hallo, Frau Zinsendorf, was verschafft mir die Ehre?«, begrüßt er die Sommelière.

»Eine etwas delikate Angelegenheit Herr Balthasar.«

»Da bin ich aber gespannt, kommen Sie doch herein, bei einem Glas Wein redet es sich leichter«, bittet Balthasar Nina in den stilvoll eingerichteten Probierraum. Bevor sie sich gegenübersetzen, nimmt Nina die Flasche, die ihr der Wirt gestern Abend mitgegeben hat, aus ihrer Tasche und stellt sie auf den Tisch. Balthasar schaut verdutzt. Dann erzählt ihm Nina die Geschichte vom gestrigen Abend und bittet ihn eine Flasche des gleichen Weines zu holen, der vor ihnen auf dem Tisch steht.

»Ich möchte, dass sie bei der Probe dabei sind, und wir somit die Sache gleich vor Ort klären können«, erklärt Nina ihr Vorhaben.

Balthasar, immer noch sehr überrascht, geht und kommt kurz danach mit einer Flasche zurück. Sie schauen sich nun die beiden etikettierten Flaschen an und stellen fest, dass diese von der Bezeichnung her absolut identisch sind.

»Jetzt geht's ans Eingemachte«, meinte Balthasar und öffnet die Schraubverschlüsse der beiden Flaschen. Die Spannung steht jedem im Gesicht geschrieben. Nina und Balthasar haben jeweils zwei Gläser vor sich stehen. In das eine kommt der Wein, den Nina mitgebracht hat und in das andere der, den Balthasar aus dem Keller geholt hat. Beide riechen, schmecken, wiederholen die Prozedur, lassen den Wein lange im Mund, schlürfen, ziehen Sauerstoff ein und stellen die Gläser wieder ab. Keiner spricht ein Wort. Konzentration pur. Sie warten ein paar Minuten, um beiden Weinen ein wenig Luft zu gönnen und dann beginnen sie erneut mit der Probe.

Beide schütteln den Kopf. »Das gibt's doch nicht«, entfährt es Balthasar. »Sie schmecken unterschiedlich. Der Unterschied ist zwar nicht groß, aber für Fachleute deutlich zu erkennen. In der Flasche, die Sie mir mitgebracht haben, Frau Zinsendorf, ist mit Sicherheit nicht mein Wein drin.«

»Der Meinung bin ich auch«, bestätigt Nina dessen Urteil.

»Und nun?«, schaut der Weingutsbesitzer die Sommelière ratlos an.

»Um ganz sicher zu gehen, lassen wir, wenn sie einverstanden sind, den von mir mitgebrachten Wein von einem amtlich anerkannten Labor analysieren. Den Befund vergleichen wir dann mit dem von Ihrem Wein, der Ihnen ja durch die AP, amtliche Prüfungsnummer der Qualitätsweinprüfung, Analyse vorliegt.«

»So machen wir es, dann haben wir endgültig Gewissheit«, erklärt sich Balthasar einverstanden. Wenn sich unser beider Verdacht durch die Analyse bestätigt, ist dies eine Sache der Polizei, denn dann handelt es sich um Betrug.

Aber warten wir zuerst einmal ab, bevor wir ein abschließendes Urteil fällen«, rät Nina, verschraubt die mitgebrachte, mittlerweile angebrochene Flasche und verstaut diese wieder in ihrer Handtasche. Bevor sie geht, bittet sie Markus Balthasar, ihr eine Kopie von der AP-Analyse mitzugeben, damit sie direkt vor Ort vergleichen kann. Es dauert nur kurz und sie hält diese in ihren Händen. »Sobald ich etwas weiß, bekommen Sie Bescheid, Herr Balthasar.«

Diesem sieht man an, dass er die ganze Situation noch immer nicht richtig verarbeitet hat. Das bemerkt auch Nina und versucht ihn etwas zu beruhigen.

»Sie trifft doch keinerlei Schuld«, legt sie ihre Hand auf seine Schulter. »Im Gegenteil, Sie können eher stolz sein, dass jemand anscheinend versucht hat, Ihre Weine zu kopieren. Mit schlechten Weinen macht das keiner.«

Sein Gesicht hellte sich bei diesen Worten merklich auf. »Vielen Dank Frau Zinsendorf, dass Sie so schnell reagiert haben«, verabschiedete er Nina.

»Wir hören voneinander«, winkt diese ihm zu und steigt in ihren Wagen.

Dann macht Sie sich auf den Weg nach Kippenheim, da die dortige Apotheke auch ein Weinlabor betreibt. Sie bittet den Apotheker um eine Vollanalyse des Weines.

»Gegen Abend können Sie die Ergebnisse abholen«, verspricht er ihr, nachdem Sie ihn um Eile gebeten hat.

Sie verabschiedet sich und macht sich auf den Weg zu ihrer Freundin Corinna Keck, die ebenfalls in Kippenheim wohnt. Bevor sie losfährt, ruft sie jedoch das Restaurant an, in dem sie gestern Abend mit Schatzhauer gegessen und besagten Wein getrunken hat. Sie bittet den Wirt, diesen Wein nicht mehr anzubieten, da es sich sehr wahrscheinlich um ein gefälschtes Produkt handelt. Das sei zwar sicherlich nicht seine Schuld, aber bevor er in Schwierigkeiten gerate, solle er den Wein so lange nicht mehr anbieten, bis die Sache endgültig geklärt sei. Der Wirt erklärt sich einverstanden und möchte weiter in dieser Angelegenheit auf dem Laufenden gehalten werden. Das sei doch selbstverständlich meint Nina, beendet das Gespräch und fährt los.

In wenigen Minuten ist sie im Mühlenpfad bei ihrer Freundin Corinna. Sie klingelt, der Summer tönt und sie geht die Treppe hoch in den ersten Stock. Corinna steht schon vor der Tür. Die beiden Freundinnen umarmen sich.

»Was duftet es denn hier so gut?«, will Nina wissen. »Es riecht nach Mohn und Sesam.«

»Gibt es eigentlich etwas, was du nicht riechst?«, zieht Corinna eine Schnute und spielt die Beleidigte. »Dich kann man ja mit gar nichts überraschen.«

»Doch, wenn du jetzt dazu noch eine Grauburgunder Spätlese aus dem Barrique auf dem Tisch stehen hättest, wäre die Überraschung perfekt.«

Corinna grinst und bittet Nina herein. Die traut ihren Augen nicht. Auf dem Wohnzimmertisch steht neben zwei Gläsern und den Schälchen mit den Mohn- und Sesamstangen tatsächlich besagte Flasche.

»Na, jetzt guckst du«, freut sich Corinna, als sie das erstaunte Gesicht der Freundin sieht. »Wer so lange mit dir befreundet ist wie ich, weiß mittlerweile, welcher Wein zu welchem Essen passt.«

»Na, dann schenk mal ein«, hält Nina ihr das leere Glas entgegen. Beide freuen sich auf einen schönen Nachmittag zusammen.

05 Schatzhauser und Oesterle unterhalten sich intensiv im Präsidium über den Toten im Maisfeld, als Walter Schätzle ins Zimmer tritt. Mit ihm erscheint auch der Gerichtsmediziner.

»Das trifft sich ja gut«, meint Schatzhauser, als er die beiden sieht.

»Ich weiß nicht, ob es erfreulich ist, was wir zu berichten haben«, meint Schätzle trocken. »Der Tote im Maisfeld ist nicht zu identifizieren. Keine Papiere, keine Anhaltspunkte. Auch eine Vermisstenanzeige liegt uns nicht vor. Außerdem sind keine Fremdspuren zu erkennen. Abdrücke der Autoreifen sind ebenfalls nicht feststellbar. Hier waren mit Sicherheit Profis am Werk.«

»Und was sagt der Pathologe?«, wendet sich Oesterle dem Arzt zu.

»Bei mir sieht es auch nicht sehr viel besser aus«, äußert sich dieser. »Der Mann starb durch einen Schuss in den Kopf. Der Schuss wurde, wie vermutet, aus nächster Nähe abgegeben, fast aufgesetzt, wie die Schmauchspuren aufweisen. Was mir aufgefallen ist: Der Mann hatte eine auffallende, fast lila gefärbte Zunge und die Untersuchung hat noch Spuren von Restalkohol im Blut nachgewiesen.«

»Ja das ist doch wenigstens etwas«, meint Schatzhauser. »Hoffentlich war der Rotwein wenigstens gut, den er vorher getrunken hat.« Er blickt nach dieser Äußerung in überraschte Gesichter der Anwesenden. »Na, die rote Zunge. Sie stammt vom Rotwein trinken«, löst er das Rätsel.

»Der große Häuptling der Weinkenner hat gesprochen, howgh«, kommentiert Schätzle die Aussage des Kommissars und grinst.

»Siehst du Walter, was man bei einem intensiven Weinstudium alles lernen kann«, kontert dieser und dankt den beiden für ihren Bericht.

»Das ist ja nicht besonders hilfreich gewesen, was wir da erfahren haben«, meint Oesterle.

»Zwei Sachen fallen allerdings aus dem üblichen Rahmen«, stellt Schatzhauser fest. »Der Schuss mitten in den Kopf und die rote Zunge. Ob beides miteinander in Verbindung steht, lässt sich noch nicht sagen. Die Tatsache, dass es keinerlei Spuren gibt, deutet, wie Walter schon richtig vermutet hat, darauf hin, dass es sich sehr wahrscheinlich um Profis handelt. Der Tote muss den Mörder gekannt haben, sonst hätte er ihn sicherlich nicht so dicht an sich herangelassen. Ich liebe solche Fälle«, übt er sich in Sarkasmus, »wo man nichts, aber auch gar nichts in der Hand hat und mehr oder weniger auf den Zufall angewiesen ist.«

»Wir sollten ein Foto vom Gesicht des Toten veröffentlichen, vielleicht kennt ihn ja doch jemand«, wirft Oesterle ein.

»Gute Idee Frodo, das machen wir«, stimmt Schatzhauser zu.

Immer wenn Oesterle etwas gut macht, eine gute Idee hat oder die richtigen Schlussfolgerungen zieht, muss er sich dieses Kürzel, anlehnend an seine Vornamen gefallen lassen. Wenn er jedoch mal Mist gebaut hat, was Gott sei Dank nicht so häufig passiert, nennt ihn Schatzhauser mit ernster Miene Fridolin. Wie er zu dem Kosenamen Frodo gekommen ist, lässt sich nicht mehr zurückverfolgen. Irgendwann nannte ihn Schatzhauser so und er hat nicht widersprochen. Beide haben sich daran gewöhnt. Seit sie die beiden letzten Fälle erfolgreich gelöst haben, ist ihr Verhältnis noch intensiver geworden. Oesterle hat hohen Respekt vor seinem Chef. Nicht nur wegen dessen Begabung, sich in die Täter hineinzuversetzen und durch gezielte Verhörmethoden auch den verstocktesten zum Reden zu bringen, sondern auch wegen dessen Ruhe, mit der er an die Fälle herangeht. Das heißt nicht, dass er nicht mal aus der Haut fahren kann. Dies tut er jedoch nur, wenn er selbst etwas falsch gemacht hat, was selten der Fall ist. Einen besseren Chef kann er sich nicht vorstellen.

Dies gilt auch im umgekehrten Fall. Schatzhauser arbeitet sehr gerne mit seinem jungen Kollegen zusammen. Er mag dessen Neugierde, die Bereitschaft zuzuhören und lernen zu wollen. Nicht selten haben seine spontanen Einfälle oder unkonventionellen Schlussfolgerungen wesentlich zur Lösung einiger Fälle beigetragen.

War er anfangs vielleicht etwas ungestüm, was der Jugend zuschulden ist, so ist er, seit er die junge, hübsche Journalistin Corinna Keck kennengelernt hat, deutlich ruhiger und überlegter geworden. Schatzhauser ist solo und wird dies, hat er jedenfalls fest vor, auch bleiben. Er liebt seine Unabhängigkeit. Wenn man ihn einmal darauf anspricht, meint er süffisant, er habe so viele Macken, dass er die unmöglich jemand anderem zumuten könne. Dabei ist er ein überaus geselliger, humorvoller Mensch, der gerne unter Leute geht und für gutes Essen und Trinken immer zu haben ist. Aber genauso braucht er ein gewisses Maß an Zurückgezogenheit. Sich selbst genug sein, nennt er es. Dann kocht er, gönnt sich eine gute Flasche Wein, hört klassische Musik oder liest ein gutes Buch. Einfach für einige Zeit wegdenken, Abstand vom Alltag nehmen, neue Ansätze finden, auftanken.

Trotz ihrer deutlich unterschiedlichen Lebensweisen passen die beiden gut zusammen. Die Chemie stimmt, wie man sozusagen pflegt und Schatzhauser ist sich sicher, dass er, sollte er einmal seinen Dienst quittieren, in Oesterle einen geeigneten Nachfolger hat.

»Frodo, erledige das mit dem Foto und dann mach Feierabend, morgen ist auch noch ein Tag«, will sich Schatzhauser verabschieden und hat schon nach seinem Mantel gegriffen, als sein Handy klingelt. Auf dem Display erscheint Ninas Nummer. »Was gibt's Nina«, will er wissen. Im Laufe des Gesprächs spiegelt sich Überraschung in seinem Gesicht, bis er dann mit den Worten: »Das gibt es doch nicht, wir bleiben in dieser Sache in Verbindung«, das Gespräch beendet.

Oesterle fragt, was los sei und Schatzhauser erzählt ihm, dass er mit Nina Essen gewesen sei und was während des Essens und danach passierte. Auch Oesterle findet es seltsam und beide sind gespannt, wie es weitergeht. Sollte sich der mittlerweile stark begründete Verdacht bestätigen, sei dies eine Sache des Betrugsdezernats, meint Schatzhauser. »Neben der Geschichte mit dem Wein hat Nina mir erzählt, dass sie morgen Abend im Weingut Laubenthaler einen Vortrag über Wein und Schokolade hält. Dabei würden, passend zu der Schokolade, Weine von den beiden Weingütern Laubenthaler und Dielacher gereicht. Sie hat gefragt, ob sie uns einen Tisch für vier Personen reservieren soll, Corinna hat schon ja gesagt, was meinst du Frodo?«

Dieser grinst, weil er ganz genau weiß, dass Schatzhauser sicherlich schon zugesagt hat. »Ich gehe aber nur wegen der Schokolade mit«, kann er sich nicht verkneifen zu antworten. Jetzt lachen beide und verlassen gemeinsam das Präsidium.

06

Nachdem Nina und Corinna sich am Grauburgunder gütlich getan haben und Nina die knackig frischen Mohn- und Sesamstangen ihrer Freundin fast im Alleingang gegessen hat, erzählt Nina die Geschichte mit den zwei verschiedenen Weinen. Corinna wird hellhörig.

»Warte mal«, unterbricht sie den Redefluss ihrer Freundin, »ich hab doch da vor kurzer Zeit etwas gelesen, was auch genau in diese Richtung zielt. Dort hat man Weine mit einer Auszeichnung verkauft, die eigentlich gar keine bekommen haben.«

»Das gibt's doch nicht«, entrüstet Nina sich und bittet Corinna sich zu erinnern, wo sie das gelesen hat. Dann schaut sie auf ihre Uhr. Es ist siebzehn Uhr dreißig. »Ich muss noch nach Kenzingen und Schokolade für die morgige Veranstaltung holen. Willst du mitfahren?«, fragt sie Corinna. »Vielleicht fällt es dir dann unterwegs ein, anschließend können wir noch in Mahlberg in die Weinlaube gehen und einen von den köstlichen, selbst gemachten Flammkuchen essen.«

»Ich zieh mir nur schnell etwas über«, ist Corinna schon unterwegs.

Zuerst fahren sie allerdings zur Apotheke in Kippenheim. Nina ist wenig überrascht, als ihr der Apotheker die Analyse aushändigt und sie die Ergebnisse mit denen vergleicht, die ihr Markus Balthasar mitgegeben hat.

»Wie ich erwartet habe. Was in etwa identisch ist, sind die Säure und der Restzucker. Alle anderen Werte unterscheiden sich deutlich. Jetzt ist es eindeutig. Der Wein ist eine Fälschung. Nina dankt dem Apotheker, bezahlt und beide fahren weiter nach Kenzingen. Nina überlässt Corinna das Steuer, weil sie noch im Auto zwei Anrufe tätigen möchte. Als Erstes ruft sie den Gastwirt an, gibt ihm das Ergebnis der Analyse bekannt und bittet ihn, die restlichen Flaschen besagten Weines als Beweismaterial zurückzuhalten. Anschließend wählt sie die Nummer von Schatzhauser, damit dieser die nötigen Schritte in die Wege leiten kann. Er werde das Betrugsdezernat unterrichten und ihr morgen Abend im Restaurant Laubenthaler eventuelle vorliegende Ergebnisse mitteilen, versprach er.

Kaum sind die beiden Telefonate vorbei, ist auch schon Kenzingen in Sicht. Ein Parkplatz in der Nähe des Feinkostladens ist schnell gefunden. Nina ist Stammgast in diesem Geschäft, in dem es neben vielen Köstlichkeiten auch eine gut sortierte Schokoladenabteilung gibt. Sie zieht ihre Einkaufsliste aus der Tasche und stellt ein Schokoladensortiment zusammen.

»Wo halten Sie denn diesmal ihr Seminar ab?«, will der freundliche Geschäftsführer wissen.

»Im Restaurant Laubenthaler«, gibt Nina zur Antwort.

»Viel Spaß«, wünscht er ihr und legt mit den Worten: »für unterwegs«, noch ein kleines Geschenk für die beiden Freundinnen dazu. Sie bedanken und verabschieden sich und fahren zurück nach Mahlberg, wo sie in besagter Strauße bei Flammkuchen und Wein den Rest des Abends verbringen.

07

»Hat sich schon jemand auf das Foto in der Zeitung gemeldet?«, will Schatzhauser von Oesterle wissen, der bereits am Schreibtisch sitzt und die entsprechende Ausgabe vor sich liegen hat. Bevor dieser antworten kann, klingelt das Telefon.

Oesterle nimmt den Anruf entgegen. »Was? Sie kennen den Mann?«, hört Schatzhauser seinen Kollegen nach nur kurzer Zeit überrascht sagen, während er Mantel und Hut an die Garderobe hängt. Mit den Worten: »Wir kommen sofort«, beendet Oesterle das Gespräch.

»Raus aus den Klamotten, rein in die Klamotten«, murmelt Schatzhauser und nimmt beides wieder von der Garderobe.

»Jetzt ja, Leopold«, beantwortet Oesterle dessen Eingangsfrage und gibt Auskunft über das Telefonat. Dabei erfährt Schatzhauser, dass sich der Wirt aus Offenburg gemeldet hat, in dessen Restaurant er zusammen mit Nina gegessen hat. Schatzhauser wird hellhörig und stellt Vermutungen an, wie der Tote im Maisfeld und die Sache mit dem gefälschten Wein miteinander in Verbindung zu bringen sind. »Frodo«, forderte er seinen Kollegen auf, »wir gehen das kurze Stück zu Fuß, es ist ja gleich um die Ecke.« Während des kurzen Fußwegs erzählt er, was er von Nina in Bezug auf den Wein vom Weingut Balthasar erfahren hat.

»Hoppla«, entfährt es Oesterle, wenn das so aussieht, kannst du dir den Weg zum Betrugsdezernat vielleicht sparen.«

»Das sehe ich auch so«, stimmt Schatzhauser ihm zu. »Aber warten wir mal ab, was der Wirt zu erzählen hat.«

Nach knapp zehn Minuten betreten sie das Restaurant, in dem der Wirt schon auf sie wartet. Sie stellen sich vor.

»Kaffee?«, schaut der Wirt die beiden Kommissare an. Beide nicken. Nach kurzer Zeit strömt würziger Kaffeeduft durchs Lokal. Alle setzen sich an einen Tisch und der Wirt beginnt zu erzählen. Mit Erstaunen nehmen die beiden Beamten zu Kenntnis, dass es sich bei dem Toten im Maisfeld bei Kappel-Grafenhausen um denjenigen handelt, der dem Wirt, den angeblich vom Weingut Balthasar stammenden Wein ausgehändigt hat.

Oesterle und Schatzhauser schauen sich vielsagend an und fühlen sich in ihrem Verdacht bestätigt, dass der Tote und der falsch deklarierte Wein in Zusammenhang stehen. Ob er denn noch irgendwelche Belege über den Kauf der Weine habe, will Schatzhauser dann von dem Wirt wissen. Dieser erklärt, dass er den Wein online bestellt habe, nachdem er von der Firma ›Vinophil‹ eine für ihn günstige Offerte im Netz gelesen habe. Er habe das zum ersten Mal und nach dieser Lehre sicherlich auch zum letzten Mal gemacht, beteuert der Wirt und man sieht ihm seinen Ärger deutlich an.

»Dürfen wir mal einen Blick in ihre Mails werfen?«, fragt Oesterle den Wirt. »Vielleicht finden wir Hinweise darüber, wo diese Firma ansässig ist.«

»Selbstverständlich«, erweist sich der Wirt hilfsbereit,

»ich will ja auch wissen, wer sich dahinter verbirgt und wen ich gegebenenfalls regresspflichtig machen kann für den mir entstandenen Schaden.« Er steht auf und bringt seinen Laptop an den Tisch. Schnell ist besagter Kontakt gefunden. Als Adresse ist Lahr angegeben, jedoch keine Straße, sondern ein Postfach.

»Irgendwie habe ich mir so was Ähnliches gedacht«, kann sich Schatzhauser nicht verkneifen zu sagen. Er bittet den Wirt ihm die Korrespondenz auf seinen PC im Präsidium zu schicken, was dieser auch sofort erledigt.

»Das war es auch schon«, nimmt er den letzten Schluck Kaffee. Beide bedanken sich noch einmal bei dem Restaurantbesitzer für dessen Hilfe und versprechen, ihn sofort zu unterrichten, sobald es etwas Neues in dieser Angelegenheit gibt. Dann verlasen sie das Lokal und gehen zurück ins Präsidium. Von dort aus setzten sie sich mit der Postagentur in Lahr in Verbindung um Näheres über das Postfach in Erfahrung zu bringen. Der zuständige Angestellte brauchte nur kurze Zeit, bis er die gewünschte Auskunft parat hat.

»Das Postfach ist eingetragen auf eine Firma ›Vinophil‹. Diese Firma hat ihren Sitz in Lahr«, teilte er Schatzhauser mit. Die Aussage des Angestellten deckte sich also mit der Mail, die ihnen der Wirt gezeigt hatte. Schatzhauser bedankte sich für die schnelle Auskunft.

»Also auf nach Lahr«, gab er Anweisung an seinen jungen Kollegen.

»Auch wieder zu Fuß?«, fragt dieser verschmitzt.

»Wenn du die gut zwanzig Kilometer laufen willst, hab ich nichts dagegen, ich fahr dann schon mal vor«, kontert dieser und grinst ebenfalls.

»Na gut, überredet.«

Beide steigen in ihren Dienstwagen und fahren nach Lahr. Sie finden glücklicherweise in der Nähe der Firma einen Parkplatz. Schatzhauser wundert sich nicht, als sich die Adresse als ein fast leer stehendes Haus entpuppt. Außer einem sind alle Klingelknöpfe am Eingang des Hauses nicht beschriftet. Nur auf einem steht deutlich zu lesen ›Vinophil - nationale und internationale Weinagentur‹.

»Na, was meist du?«, schaut Schatzhauser fragend zu Oesterle.

»Sieht nicht gut aus«, blickt dieser skeptisch an der Hausfassade hoch. Sie klingeln und wie vermutet, macht keiner auf. Auch weitere Versuche bleiben erfolglos.

»Frodo, das bringt nichts, dies hier ist so eine Pseudoadresse, hinter der sich vermutlich eine Briefkastenfirma verbirgt. So was Ähnliches habe ich mir schon im Vorfeld gedacht. Hier können wir im Moment nichts mehr erreichen.«

Dem stimmt Oesterle zu. Beide steigen wieder in den Wagen. »Zur Post.«

Oesterle schaut überrascht, als er die Anweisung seines Chefs vernimmt. Schatzhauser lässt ihn an seinen Überlegungen teilhaben. Er möchte sich die Postagentur und die Postfächer, in denen sich auch selbiges der Firma ›Vinophil‹ befindet, ansehen. Er sei sich sicher, erklärt er Oesterle, dass diese von einer Kamera überwacht werden. Vielleicht bekommen wir dadurch weitere Hinweise. Die Vermutung Schatzhausers wird bald zur Gewissheit. Tatsächlich sind die zwei Gänge, in der sich die Postfächer befinden, kameraüberwacht. Schatzhauser und Oesterle weisen sich aus und verlangen den Chef der Agentur zu sprechen.

Ein Anruf genügt und sie werden in dessen Büro gebeten. Schatzhauser teilt dem Agenturleiter mit, dass sie in einem Mordfall ermitteln, und unterrichtet ihn über ihr Vorhaben. In diesem Sinne bittet er ihn, um die Aufzeichnungen der letzten drei Tage. Ihn interessiere nur das Postfach 555, welches auf die Firma Vinophil eingetragen ist. Sobald sie die Aufzeichnungen angeschaut und ausgewertet haben, bekomme er diese wieder zurück.

»Wenn wir zur Lösung des Falles beitragen können, tun

wir dies selbstverständlich, erweist sich der Poststellenleiter als sehr kooperativ.«

Weiterhin will Schatzhauser wissen, welche Bedingungen an den Besitz eines Postfachs geknüpft sind. Auf seine Frage hin erfährt er, dass derjenige ein Postfach erhalten kann, der eine feste Adresse angibt, und ein einmaliges Entgelt entrichtet hat. Außerdem sollte er nachweisen können, dass er mehr als nur einen Brief oder sonstige Postsendungen pro Woche erwarte. Wenn er diese Bedingungen erfüllt, wird ihm ein Schlüssel für ein bestimmtes Postfach ausgehändigt. Dabei kann es sich sowohl um private als auch juristische Personen handeln. Schatzhauser bedankt sich für die Auskunft.

Der Chef der Agentur beauftragt einen Mitarbeiter, der Polizei besagte Aufzeichnungen zu geben. Dann verabschiedet er sich von den beiden Beamten.

»Jetzt bin ich aber mal gespannt, was dabei herauskommt«, kann Oesterle seine Neugier kaum zügeln. Sie machen sich wieder auf den Weg zurück ins Polizeipräsidium. Dort setzt sich Schatzhauser mit Nina in Verbindung, fragt sie, wann heute Abend das Seminar ›Wein und Schokolade‹ stattfindet und bringt sie kurz auf den neuesten Stand der Dinge.

Nina zeigt sich merklich überrascht von der Entwicklung der Dinge. Zum Schluss des Gesprächs weist sie noch darauf hin, dass sie Karten reserviert habe.

»Bis heute Abend, ich freu mich drauf«, beendet Schatzhauser dann das Gespräch. In der Zwischenzeit hat Oesterle alles so weit fertig, dass sie sich die Aufzeichnungen anschauen können. Sie werden auf eine harte Geduldsprobe gestellt. Ewig passiert nichts. Niemand zu sehen. Ihre Augen beginnen bereits zu schmerzen. Sie wollen schon aufgeben. Doch plötzlich tut sich etwas und beide werden wieder hellwach. Eine männliche Gestalt betritt den Raum und macht sich am Schließfach 555 zu schaffen. Schatzhauser fordert Oesterle auf, langsam zurückzuspulen, um besagten Mann bis zum Eingang zurückzuverfolgen. Nur ganz kurz ist sein Gesicht zu erkennen. Frodo hält die Aufzeichnung an, vergrößert diesen Ausschnitt und schon ertönt es unisono überrascht: »Der Tote aus dem Maisfeld!«

»Frodo«, reagiert Schatzhauser spontan, »schick die Spusi zu dem Schließfach, sie sollen Fingerabdrücke nehmen und diese dann mit denen des Toten vergleichen, dann haben wir endgültig Gewissheit. Wir wissen zwar dann immer noch nicht, wer der Tote ist, aber klar ist, dass er etwas mit der Firma ›Vinophil‹ und die Firma etwas mit der falsch deklarierten Flasche Wein zu tun hat. Wie das alles miteinander zusammenhängt, müssen wir herausfinden, aber das hat Zeit bis morgen.«

Frodo erledigt den Auftrag und Schatzhauser, ruft den Wirt an, der den Toten erkannt hat, und erzählt diesem die Neuigkeiten. Dann verlassen die beiden Kommissare das Präsidium.

»Bis heute Abend. Frodo, um halb acht bei Laubenthalers.«

»Bis heute Abend, Leopold. Ich freue mich drauf.«

Beide steigen in ihre Wagen, Schatzhauser fährt nach Hause und Oesterle zu seiner Freundin Corinna.

08

Es ist eigentlich wie immer: Nina kündigt eine Veranstaltung an, und alle kommen. So auch dieses Mal. Natürlich kommen viele auch wegen der Weine vom Weingut Laubenthaler. Ganz besonders gespannt sind allerdings heute Abend die meisten auf die von den Dielachers, deren Weine bei diesem Event mal wieder nach einer langen Durststrecke in der Öffentlichkeit präsentiert werden. Vor knapp zwei Jahren hat die Tochter den Betrieb übernommen. Nachdem das Weingut ein wenig ins Schlingern geraten war, die Mutter einen schweren Unfall hatte und es schlecht um die Qualität der Weine bestellt war, weht nun ein anderer, ein frischer Wind durch Keller und Weinberge. Man hat kräftig in neue Techniken investiert und auch die Außenwirtschaft nach den höchsten Qualitätskriterien ausgerichtet. Auch die Weinausbaumethoden hat die Tochter grundlegend umgestellt. Die früher oft langweiligen, eher altbackenen Weißweine gehören heute der Vergangenheit an. Frische, Lebendigkeit und Authentizität sind angesagt. Kühle, langsame Gärung, längeres Lagern auf der Feinhefe, verleihen den Weißweinen Spannung, Kraft und Fruchtigkeit. Die Zeit der ganz trockenen Weine ist vorbei. Eine leichte Restsüße sorgt für Geschmeidigkeit und zarten Schmelz, der sich vor allem bei den Grauburgunderweinen positiv bemerkbar macht. Nina, die dem Weingut ein wenig beratend zu Seite steht, freut sich über den Erfolg und ist, nicht nur beim Weingut Dielacher, immer wieder begeistert, wie die junge Generation von Winzern, Kellermeistern oder Önologen in den letzten Jahren den Qualitätsstandard deutscher Weine deutlich angehoben habt. Dies wird nicht nur im Inland registriert. Auch heute Abend möchte sie die Gäste von der Qualität der heimischen Weine überzeugen.

Um diverse Vorbereitungen zu treffen, macht sich die Sommelière gut eine Stunde vor Beginn der Veranstaltung auf den Weg zum Weingut Laubenthaler. Corinna und Oesterle kommen dann später nach.

Wie jedes Mal, wenn sie die steile Auffahrt zu den Laubenthalers hochfährt und die Walnussplantage sieht, kommen die Erinnerungen hoch an einen der schrecklichsten Vorgänge, die sie bisher erlebt hat. Es muss jetzt ungefähr zwei Jahre her sein, denkt sie und sieht im Geiste noch immer diese weiße Gestalt an einem der Walnussbäume hängen. Dort hat sich der Sommelier Fritz Lupus, genannt der Wolf, aufgehängt, nachdem man ihn diverser unlauterer Machenschaften überführt hatte. Immer noch gruselt es sie und es laufen ihr kalte Schauer über den Rücken. Sie schüttelt sich leicht und fährt weiter auf den Parkplatz des Hauses. Sie steigt aus und greift sich die Tasche mit den nötigen Utensilien. Juniorchef Michael Laubenthaler erwartet sie schon vor der Eingangstür. Mit ihm spricht sie sich über den Verlauf der Veranstaltung ab.

Es ist die erste Veranstaltung in dem repräsentativen Verkaufsraum des Weinguts. Mehrere Millionen hat man in diesen Neubau investiert. Ein halbes Jahr später als geplant, konnte die Fertigstellung des Neubaus im Hause Laubenthaler gefeiert werden, zu der natürlich auch Nina eingeladen war

»Jetzt überwiegt nur noch die Freude und der Spaß«, meinte Juniorchef Michael Laubenthaler, der sich auch durch etliche Verzögerungen seine Zuversicht nie hat rauben lassen und auch jetzt noch zu seiner Entscheidung steht, Architektur und Wein aufs beste und effektivste Miteinander zu verbinden. Unter dem Motto: Ein besonderes Produkt braucht auch eine besondere Umgebung, zeugt dieser futuristisch, funktionale Neubau mit viel Glas und klaren Linien, seiner Transparenz und Geradlinigkeit davon, wie man Form und Funktion in Einklang bringen kann.

Dieser Entwurf, ist auch Nina der Ansicht, setzt Maßstäbe im Bereich Weingut und Architektur in der Ortenau. Er ist ein Hingucker. Und als Nina den Blick über den Neubau schweifen lässt, nickt sie mit dem Kopf, als sie sich an die Aussage von Michael Laubenthaler erinnert: »Unsere Philosophie von geradlinigen, transparenten und schnörkellosen Weinen soll sich auch in der Architektur des Gebäudes widerspiegeln. Wein will nicht nur getrunken, sondern auch erlebt werden.«

Fürwahr, dieses Gebäude war kein Standardentwurf, sondern die perfekte, konsequente Umsetzung zwischen Tradition und Moderne. Hier will man mit zahlreichen

Angeboten den Kunden und Besuchern Wein auf vielfältige Art und Weise näher bringen. So zum Beispiel mit dem heutigen Wein und Schokoladen-Seminar, das von Nina moderiert wird.

Mag auch das Herzstück des Weinguts für den Winzer unter der Erde liegen, so erlebt der Besucher doch in erster Linie das überirdische Gebäude, welches sich immer mehr erschließt, je weiter man den Berg, entlang der Walnussplantage bergauf fährt. Die Dimension des Gebäudes mit seiner fünfzig Meter langen Fassade ist beeindruckend. Mehr als zehntausend Kubikmeter umbauter Raum, von denen sich eintausendfünfhundert Quadratmeter unter der Erde befinden. Kellertechnik, Abfüllung Tank- und Flaschenlager sowie der Barriquekeller finden Platz in zwei bis zu fünfzig Metern langen Röhren, die tief in den Berg hineingetrieben wurden. Diese Röhren sind mit bis zu drei Metern Erde überdeckt. Es sind somit exzellente Möglichkeiten geschaffen worden, um die natürliche Wärme und Kühle des Lößbodens für die Weinproduktion nutzbar zu machen. So braucht im Kellerbereich weder gekühlt noch geheizt zu werden. Durch die erdklimatischen Bedingungen herrscht übers Jahr hinweg eine konstante Temperatur von zwölf bis fünfzehn Grad. Somit entfallen die ansonsten für Kühlung anfallenden hohen Energiekosten. Das schwebende Flugdach ist mit Fotovoltaikanlagen bestückt, was für eine positive CO_2 Bilanz sorgt. Es wird mehr Energie erzeugt als verbraucht wird.

Nina freut sich, dass der Umweltschutzgedanke immer mehr Einzug in die Produktion hält. »Uns braucht die Natur nicht, aber wir sind auf sie angewiesen«, pflegt sie bei vielen Gelegenheiten zu sagen und appelliert ständig an die Erzeuger und auch an die Konsumenten, vorsichtig und verantwortungsbewusst mit ihr umzugehen, sie nicht auszunutzen, sondern sich ihre Nutzbarkeit zu erhalten.

Transparenz nicht nur bei den Weinen, sondern auch bei

der Produktion ist für die Laubenthalers besonders wichtig. Da die Produktion auf einer Ebene stattfindet und von allen Seiten einsehbar ist, können nicht nur die einzelnen Arbeitsschritte beobachtet werden, sondern es kann auch effizienter und schonender gearbeitet werden.

»Im Keller darf es nicht nach Wein riechen«, waren Michael Laubenthalers Worte bei der Eröffnung, »denn alles, was man da riecht, ist nicht mehr im Wein.«

Die Innengestaltung des Verkaufsraums, einer Kombination von Eichenholz und anthrazitfarbenen Elementen, zeugt ebenfalls von einer schlichten Schönheit und Schnörkellosigkeit. Die fast schwebenden Weinregale verkörpern Leichtigkeit und zeitlose Eleganz. Über eine offene Treppe gelangt man in die Tagungs- und Konferenzräume. Wenn man von dort die Dachterrasse betritt, wird deutlich, dass der Slogan ›Umgeben von Reben‹, fast noch untertrieben scheint.

Die 2012er-Weine, gereift im neuen Keller, spiegeln denn auch wider, verdeutlichen sozusagen, was gradlinig, transparent und schnörkellos bedeutet. Wein und Architektur in trautem Einklang. Der Mut und die Risikobereitschaft, die den Laubenthalers angeboren zu sein scheinen, haben sich schon jetzt gelohnt, ist sich Nina sicher. Wenn auch das Restaurant seinen eigenen heimeligen Charme hat, dem man sich nur schwer entziehen kann, so freut sie sich jetzt auf die Präsentation in den neuen Räumen.

Insgesamt achtzig Personen haben sich für die Veranstaltung angemeldet, erfährt Nina. Mehr als erwartet. Sie inspiziert den Raum, legt sich alles zurecht und gibt Anweisungen. Es ist nicht das erste Mal, dass sie im Weingut Laubenthaler eine Veranstaltung leitet. Sie ist sich sicher, bei dem eingespielten Team wird es auch diesmal wieder gut über die Bühne gehen.

Langsam trudeln die ersten Gäste ein und der Raum füllt sich. Da kommen auch Corinna und Oesterle. Die passen wirklich gut zusammen, denkt sie, als die Zwei ihr entgegenkommen. Dort ihre quirlige, sommersprossige Freundin; burschikos, ein Energiebündel, für jeden Scherz zu haben. Sie trägt ihr Herz auf der Zunge und ihr oft geradeheraus hat sie schon in manche Schwierigkeiten gebracht. Aber das nimmt sie gerne in Kauf. Sie mag sich nicht hinter irgendwelchen Floskeln oder Nichtigkeiten verstecken und hasst jedes Small-Talk-Gesülze. Das liebt Nina an ihr genauso wie ihre Spontaneität, ihre Ehrlichkeit und Verlässlichkeit. Als Journalistin der Badischen Zeitung ist sie beliebt und gefürchtet, für ihre oft kritischen und hinterfragenden Artikel; aber sie liebt ihren interessanten und abwechslungsreichen Beruf.

An ihrer Seite der schlanke, gut aussehende Hauptkommissaranwärter Fridolin Oesterle. Beide haben sich gesucht und gefunden, obwohl sie eigentlich gegensätzlicher Natur zu sein scheinen. Oesterle, der privat im Gegensatz zu seinem älteren Kollegen, früher quirlig und ungeduldig war und wenig Zeit für die schönen Dinge des Lebens aufbrachte, hat sich seit der Bekanntschaft mit Corinna deutlich gewandelt. Er ist bedächtiger geworden und hat gelernt, zu Genießen und sich dem Leben positiv zuzuwenden. Schatzhauser registriert dies mit Wohlwollen. Und doch versteht es Corinna immer noch, ihren Fridolin zu überrumpeln und zu überraschen.

»Das hält jung und die Liebe frisch«, sagt sie dann lachend, wenn sie in das erstaunte Gesicht Oesterles blickt. Dabei sprühen ihre blauen Augen vor Lebenslust.

»Jetzt geht's ans Genießen«, begrüßt Nina die beiden und zeigt ihnen den Tisch, den sie reserviert hat. Kaum haben die zwei Verliebten Platz genommen, fährt draußen ein Taxi vor und Schatzhauser steigt aus. Er hat seinen Wagen zu Hause gelassen, da er vorhat, etwas zu trinken. Anschließend wollen dann alle vier in die Wohnung von Corinna fahren, in der Platz genug ist.

»Schön, dass du kommen kannst, Schatzi«, begrüßt Nina den Kommissar herzlich. Die beiden kennen und mögen sich seit Jahren auf der Ebene einer gut funktionierenden, ehrlichen Freundschaft, in der beide ihre Vorlieben für gutes Essen und Trinken mit Genuss ausleben. Mittlerweile sind alle angemeldeten Gäste eingetroffen, haben Platz genommen und Nina tritt ans Podium. Sie begrüßt alle Anwesenden und stimmt sie auf den Abend ein. Dann beginnt sie mit ihrem kleinen Seminar ›Wein und Schokolade‹.

09

»Meine Damen und Herren, dass man Wein zu einem guten Essen trinkt, gehört mittlerweile schon zu einer Selbstverständlichkeit. Sehr viel länger hat es gedauert, bis man auf den Gedanken kam, Schokolade und Wein miteinander in Verbindung zu bringen. Dabei sind die beiden Produkte gar nicht so weit voneinander entfernt. Dies möchte ich Ihnen heute Abend an ein paar Beispielen verdeutlichen.

Zwei Sätze im Vorfeld zu den Regularien. Sie haben vor sich ein Sekt- und ein Weinglas stehen. In diese werden zu der Schokolade passend Sekt und Wein eingeschenkt. Sie probieren die Schokolade, und während diese langsam im Mund schmilzt, probieren Sie den Sekt oder den Wein.

Bevor wir mit der Paarung von Wein und Schokolade anfangen, gestatten Sie mir noch ein paar grundsätzliche Bemerkungen. Eine perfekte Liaison kommt nur zustande, wenn beide Produkte von ausgesuchter Qualität sind. Hier darf keiner den anderen übertrumpfen wollen. Alle Schokoladensorten mit viel Zucker und Kokosfett, die, wie manche Weine auf Publikumsgeschmack getrimmt sind, verleihen dieser Verbindung wenig Esprit und kurzen Bestand. Beide Partner sollen miteinander kommunizieren können.

Der eine muss auf den anderen so viel Rücksicht nehmen, dass man das Gefühl hat, dass erst beim Zusammentreffen beide zur Höchstform auflaufen. Um mancher Schokolade eine bestimmte Note zu verleihen, präpariert man sie zum Beispiel mit Chili, grünem Pfeffer, Trüffel, Sellerie, Kirsche oder Johannisbeere, etc. Durch diese Zugaben werden sozusagen organoleptische Brücken zu den unterschiedlichen Geschmacksnuancen eines Rot- oder Weißweines gebildet. Fünf Beispiele dafür, wie eine Traumpaarung Wein und Schokolade gelingen kann, möchte ich Ihnen, liebe Gäste, heute Abend präsentieren.

Den Anfang macht ein wunderschöner Rosé-Sekt vom Weingut Laubenthaler. Auf einem kleinen Teller wird man Ihnen gleich drei Stückchen weiße Schokolade legen. Diese Schokolade ist präpariert mit kleinen Krokantstücken, getrockneten Himbeeren und Erdbeeren. Riechen Sie jetzt zuerst an dem Sekt und lassen Sie sich von den zarten Nuancen von Himbeere und Erdbeere begeistern. Dann essen Sie die Schokolade, trinken einen Schluck Sekt und bringen diese mit dem Sekt in Verbindung.«

Alle folgen dem Vorschlag von Nina und man sieht die ersten überraschten Gesichter.

»Merken Sie, wie die zarten Krokantstückchen und die Kohlensäure ein kleines Geschmacksfeuerwerk in Ihrem Mund entzünden?

Die Fruchtaromen von Schokolade und Sekt verbinden sich und der zarte Schmelz der Schokolade legt sich wie ein warmer Mantel um den Früchtereigen. Seine Frische und Lebendigkeit bezieht der Sekt aus der leichten Schärfe nach weißem Pfeffer und Hagebutte. Seine Fruchtigkeit nach Erdbeere, roter Grapefruit, Melone, Himbeere und Quitte füllt den ganzen Mund aus und vermählt sich harmonisch mit dem Geschmack der Schokolade.«

Dann fährt sie in ihrem kleinen Genussseminar fort. »Was Weißweine und Schokolade angeht, gilt die Grundregel: Je mehr Säure der Wein hat, desto schlechter passt er, da die Säure des Weins der Süße der Schokolade diametral gegenübersteht. Deshalb eignen sich normale Weißweine nicht als Partner. Ausnahmen bilden reife Weißweine aus dem Barrique. Dies möchte ich Ihnen an folgendem Beispiel beweisen. Im Glas haben Sie jetzt eine reife Grauburgunder Spätlese aus dem kleinen Eichenfass vom Weingut Laubenthaler. Als Partner für diesen Wein habe ich eine weiße Vollmilch-Nussschokolade mit Kokosraspeln ausgesucht. Der Geschmack des Weines nach Vanille, Honig, Ananas, Nuss, Mandel und Kokos und sein vollmundiger, weich-warmer Körper versehen mit zartem Schmelz, ergänzen sich perfekt mit der Schokolade.«

Immer größer wird das Erstaunen mancher Gäste, was das gute Zusammenspiel von Schokolade und Wein betrifft. Es lässt den Schluss zu, dass doch etliche am Anfang etwas skeptisch gewesen sind. Das merkt auch Nina und greift es mit den Worten auf: »Ich sehe, meine Damen und Herren, Sie finden Gefallen an der Probe, aber wir sind ja noch nicht am Ende.

Kommen wir nun zu einem Wein, der aufgrund seiner Süße eine ganz bestimmte Sorte Schokolade benötigt. Lassen Sie sich überraschen vom Zusammenspiel einer Muskateller Beerenauslese vom Weingut Dielacher mit einer Schokolade, in die man zarte Stücke von Ingwer, Zitronen- und Orangenschale und etwas weißen Pfeffer eingearbeitet hat. Diese Verbindung ist mehr als ein ›One-Night-Stand‹. Riechen Sie zuerst wieder an dem Wein. Ist das nicht ein herrlicher Duft, der Ihnen da in die Nase steigt? Holunderblüten in Reinkultur. Dazu Rosen und ein Hauch frisch aufblühende Hyazinthen. Im Geschmack bilden das Säurespiel, Süße und Alkohol eine perfekte Harmonie. Hier passt alles zusammen. Die Süße und die Frucht des Weines in Verbindung mit dem zarten Schmelz und den eingearbeiteten Ingredienzien der guten Schokolade.«

Wieder zeugt ein zustimmendes Kopfnicken davon, dass Nina mit dieser Kombination richtig gelegen hat. Sie lässt den Leuten genügend Zeit zum Riechen, Schmecken und Erleben, bevor sie fortfährt.

»Bevor wir nun zum Rotwein kommen, bitte ich die Weißweingläser auszutauschen und durch großvolumigere Rotweingläser zu ersetzen. Während dies geschieht, ein paar Sätze zu der Verbindung Rotwein und Schokolade. Hier sieht das Ganze nun ein klein wenig anders aus, als beim Weißwein. Allerdings sollten auch diese Weine wenig Säure haben. Deshalb passen junge Chiantis und auch junge Barolos oder Bordeaux-Weine nicht besonders gut. Nebenbei bemerkt: Wer trinkt denn in Baden schon solche Weine bei dem Angebot an guten Spätburgundern? Die Weine sollten außerdem über eine hohe Komplexität und Dichte verfügen und die Gerbsäure sollte nicht über die Maßen ausgeprägt sein. Die Schokolade hingegen sollte deutliche Bitternoten, das heißt einen hohen Kakaoanteil, enthalten. Dass gute Rotweine mit Schokolade harmonieren, merken wir schon, wenn wir die Rotweine probieren. Oft verfügen diese im reifen Zustand über eine mehr oder weniger ausgeprägte Schokoladenote. Gesellt sich dann noch ein Hauch Lakritze und etwas Pfeffer als Geschmackskomponente dazu, kann man fast sicher sein, dass gute Schokolade dazu passt. Auch hierzu möchte ich Ihnen zwei Beispiele liefern.

Den Anfang machen wir mit einer Spätburgunder Auslese trocken, ausgebaut im Barrique aus dem Hause Dielacher. Wie man sich gut vorstellen kann, passt dazu keine süße Schokolade. Ich habe für Sie eine Bitterschokolade mit achtzig Prozent Kakaoanteil ausgesucht. Wenn sie auf diese Schokolade beißen, werden Sie vielleicht merken, dass Orangenzesten, Kirsche und roter Pfeffer der Schokolade einen ganz besonderen Pep verleihen und die sehr breit gefächerte Fruchtaromatik des Weines nach Cassis, Pflaume, Kirsche aber auch zartbitteren Noten nach Wacholder,

Leder und süßem Pfeifentabak wunderbar unterstützen und zur Geltung bringen.«

»Ich bin jedes Mal von Neuem begeistert, welch verschiedenen Facetten ein Wein hat oder besser gesagt, wie verschieden er schmeckt, je nachdem, was man ihm zur Seite stellt.«

Man merkt es Schatzhauser an, welchen Spaß ihm diese Degustation macht. Aber auch Corinna und Oesterle sind hellauf begeistert.

»Ich muss dir unumwunden recht geben Leopold«, stimmt Oesterle seinem Chef zu, der sich nicht genug wundern kann, wie schnell sein junger Kollege seine fast Abstinenz aufgegeben hat und sich nun für gute Weine begeistern kann.

»Du sagst gar nichts, Corinna«, sieht Oesterle seine Freundin an.

»Was soll ich sagen?«, meint diese achselzuckend. »Habt ihr von Nina etwas anderes erwartet?«

»Nein!«, ist die einhellige Meinung. Gespannt schauen die drei nun wieder nach vorne. Der letzte Wein wird eingeschenkt.

»Kommen wir nun zum Finale«, ergreift Nina das Wort. »Nehmen Sie einmal das Glas zur Hand, meine Damen und Herren. Schließen Sie die Augen, schwenken Sie das Glas ein wenig und riechen Sie hinein. Fast weihnachtlich mutet die außergewöhnliche Spätburgunder Beerenauslese aus dem Barrique vom Weingut Laubenthaler an. Hier explodieren geradezu die Aromen von Kirschen, Cassis, Zimt, Lebkuchen, Wacholder, Nelken und Schokolade. Zart eingebunden die Barriquenote. Dieser Wein, wenn man ihn nicht genüsslich pur trinken möchte, verlangt geradezu nach einer ›Weihnachtsschokolade‹ oder ›Nugatpraline‹. Beides können Sie nun dazu probieren.

Zum Schluss möchte ich nicht versäumen, den Weingütern Dielacher und Laubenthaler für die wunderbaren

Weine zu danken, die wir heute Abend probieren durften, und darf die Juniorchefs der beiden Weingüter auf die Bühne bitten. Bei Ihnen, liebe Gäste, möchte ich mich für Ihre Aufmerksamkeit bedanken und Ihnen allen noch einen guten Heimweg wünschen.«

Während sie dies sagt, betreten Sabine Dielacher und Michael Laubenthaler die Bühne. Lang anhaltender Beifall des Publikums ist der Lohn für alle, die diesen Abend gestaltet haben und Nina ist sich sicher, dass es ihr wieder einmal gelungen ist, Freunde für gute heimische Weine zu gewinnen.

»Jetzt gehen wir zum gemütlichen Teil des Abends über«, meint Nina und setzt sich zu ihrer Freundin Corinna und den anderen an den Tisch. »Na, wie hat es euch gefallen?«, will sie wissen.

Die drei schauen sich verschmitzt an und Schatzhauser antwortet: »Es hat eigentlich nichts so richtig gepasst, die Leute waren unruhig und …«

»Was?« Nina ist entrüstet. Corinna kann sich das Lachen nicht verkneifen und prustet los. Die andern stimmen ein und Nina merkt, dass man sie veräppelt hat, und stimmt in das frohe Lachen mit ein.

»Es war wunderbar, Nina«, wird Oesterle dann doch wieder ernst. »Wieder einmal habe ich gelernt, dass der Wein nicht nur als Solist auftreten kann, sondern auch in Begleitung eine vorzügliche Rolle spielt. Als Dank für den tollen Abend übernehme ich die Kosten fürs Taxi.«

»Sieh mal an«, schmunzelt Schatzhauser, »der Hauptkommissaranwärter hat die Spendierhosen an. Ja, wenn das so ist, dann Prosit!«

Erst weit nach Mitternacht findet die fröhliche Runde ein Ende.

10 Als Oesterle und Schatzhauser am Montagmorgen ins Präsidium kommen, liegt dort schon der Bericht der Spurensicherung auf dem Schreibtisch. Aus diesem geht hervor, dass die Fingerabdrücke auf dem überprüften Schließfach mit denen des Toten im Maisfeld identisch sind.

»Jetzt kennen wir zwar die Zusammenhänge, wissen aber immer noch nicht, wer der Tote ist und welche Funktion er bei der Firma Vinophil hatte«, meint Schatzhauser und legt den Bericht zurück zu den Akten. »Als einziger Anhaltspunkt dienen die Briefkastenfirma und das Schließfach. Dort müssen wir ansetzen, dort ist der Schlüssel zu finden, der uns weitere Möglichkeiten zur Lösung des Falls erschließt.«

Oesterle gibt seinem Chef recht. Schatzhauser ordnet an, das Schließfach in den nächsten drei Tagen überwachen zu lassen. Sollte es von jemandem geleert werden, so solle man denjenigen oder diejenige verfolgen und feststellen, wo die Briefe hingebracht werden. Außerdem solle man ihn oder Oesterle sofort benachrichtigen. »Wenn sich in den nächsten Tagen dort keiner blicken lässt, können wir davon ausgehen, dass man Lunte gerochen hat und dieser Weg somit zu einer Sackgasse geworden ist. Aber warten wir erst einmal ab, die Hoffnung stirbt bekanntlich zuletzt.«

Dann gibt er Oesterle den Auftrag, den Staatsanwalt um einen Durchsuchungsbeschluss zu bitten, um in das Haus zu gelangen, in dem sich eventuell die Räumlichkeiten besagter Firma befinden.

Da die Argumente schlüssig und folgerichtig sind, bestehen für den Staatsanwalt keine Bedenken, dem Wunsch zu entsprechen.

Oesterle und Schatzhauser nehmen zwei Kollegen mit und machen sich auf den Weg zu besagtem Haus in Lahr. Wieder klingeln sie und wieder meldet sich keiner. Die Polizeibeamten öffnen die Eingangstür. Sie betreten einen dunklen Flur. Der Lichtschalter funktioniert nicht und auch sonst macht das gesamte Gebäude einen eher unbewohnten und heruntergekommenen Eindruck. Sie gehen weiter den Flur entlang. Eine ausgetretene Treppe führt in den ersten Stock. Oesterle geht voran und Schatzhauser folgt mit den beiden Kollegen.

Plötzlich ertönt ein gewaltiger Knall. Das ganze Haus scheint zu zittern, Glas zersplittert, Fenster zerbersten und eine Feuersäule schießt aus dem ersten Stock durch die kaputten Fenster nach draußen.

»Zurück!«, schreit Schatzhauser, »zurück.«

Die Treppe ächzt und knarrt. Oesterle, verliert den Halt und fällt rücklings auf den Betonboden, schreit auf, hält sich das Bein. Eine zweite Detonation reißt die Türen aus ihrer Verankerung. Die Treppe bricht nun vollends zusammen. Betonbrocken fallen auf Oesterle. Durch Feuer, Rauch und Staub kämpfen sich die Beamten mit letzter Kraft ins Freie.

»Frodo!«, brüllt Schatzhauser. »Frodo, wo bist du?« Immer lauter, immer verzweifelter klingt das Rufen Schatzhausers. »Ich muss zurück, ich muss wieder ins Haus! Frodo!«, brüllt er weiter. Er sieht kaum etwas, die Hitze ist unerträglich und der Rauch raubt ihm den Atem und nimmt ihm die Sicht. Der beißende Qualm treibt ihm Tränen in die Augen. Trotzdem, zwingt er sich, sie offen zu halten. Er muss Frodo finden, bevor es zu spät ist. Endlich! Nur schemenhaft sieht er die Umrisse eines menschlichen Körpers am Boden liegen. Bewusstlos. Auf ihm ein Deckenbalken. Schatzhauser schwitzt, ächzt und stöhnt, als er den schweren Balken bewegt. Er atmet immer schwerer. Der Rauch ist entsetzlich. Er merkt, wie seine Kraft schwindet. Nur nicht schlappmachen, denkt er. Er greift seinem jungen Kollegen unter die Arme und zieht ihn durch den Flur. Nur noch sein unbändiger Überlebenswille hält ihn aufrecht. Instinktiv bewegt er sich vorwärts. Er sieht kaum noch was, so dicht ist der Rauch. Er hustet, schnappt panisch nach Luft, seine Schritte werden immer schwerer, seine Beine versagen ihren Dienst, er stolpert, stürzt und verliert das Bewusstsein. Er merkt nicht mehr, wie die zwei Beamten ihm entgegen kommen und ihn und Oesterle nach draußen ziehen.

11

In einem Krankenzimmer im Klinikum Lahr steht ein Arzt vor den beiden Betten von Schatzhauser und Oesterle.

»Das war knapp«, schaut er die beiden Kommissare an. Neben ihm Corinna und Nina. Corinna hält die Hand Oesterles. »Ein paar Minuten länger in dem brennenden Haus und Sie wären beide an einer Rauchvergiftung gestorben.«

»Was ist eigentlich genau passiert?«, will Oesterle wissen. »Ich kann mich nur noch daran erinnern, dass es einen heftigen Knall gegeben hat und ich die Treppe hinuntergefallen bin. Ab da ist Schluss.«

Seit drei Tagen liegen die beiden Beamten nun schon im Krankenhaus. Am Anfang, als beide mit dem Notarztwagen und Blaulicht eingeliefert wurden, sah alles schlimmer aus, als es in Wirklichkeit war. Schatzhauser hat sich von seiner Rauchvergiftung mittlerweile gut erholt und Oesterle, den es etwas ärger erwischt hat, liegt mit dick bandagiertem Bein im Bett; ist aber ansonsten guter Dinge.

»Wenn Ihr Kollege nicht noch einmal zurückgekommen wäre, würden Sie jetzt noch da liegen, Herr Oesterle, allerdings weniger lebendig als jetzt«, klärte der Arzt ihn auf.

Dankbar schaut Oesterle auf Schatzhauser. »Du hättest für mich dasselbe getan«, geht dieser nicht näher darauf ein.

Was um alles in der Welt macht ihr beide für Sachen?«, mischt sich Nina ein. »Wieso fliegt plötzlich ein scheinbar unbewohntes Haus in die Luft?«

»Und das alles nur wegen einer Flasche falsch deklarierten Weins«, bemerkt Oesterle, bei dem sich schon wieder ein leichtes Grinsen ins Gesicht gestohlen hat.

Auch Schatzhauser schüttelt ungläubig den Kopf. »Da steckt deutlich mehr dahinter, als wir angenommen haben«, gibt er zu bedenken. »Da wollte jemand reinen Tisch machen und alle Spuren verwischen.«

»Das ist ihm ja auch gründlich gelungen«, bemerkt Oesterle lakonisch und hält dabei sein schmerzendes, dick bandagiertes Bein.

»Ob ihm das gelungen ist, wird sich noch zeigen.« Während er dies sagt, greift Schatzhauser zum Handy und ruft Walter Schätzle von der Spurensicherung an. Diese hatte sich direkt nach der Explosion zusammen mit der Feuerwehr zum Tatort begeben und alles gründlich untersucht. Er erfährt, dass man fündig geworden ist und man alles Weitere besprechen wolle, wenn Schatzhauser und Oesterle wieder einsatzfähig sind. Mittlerweile hat der Arzt das Krankenzimmer verlassen. Beide sollten noch einen Tag zur Beobachtung bleiben, meinte er beim Hinausgehen. Wenn keine Komplikationen auftreten würden, stünde einer Entlassung nichts mehr im Wege. Nur Oesterle solle sein lädiertes Bein noch etwas schonen.

12 Schatzhauser wendet sich Nina und Corinna zu und erzählt, warum sie das Haus aufgesucht haben. Von Nina will er wissen, ob das mit der falsch deklarierten Flasche eher ein Einzelfall sei oder ob sie wisse, dass so etwas schon öfter vorgekommen sei. Man höre da so einiges in letzter Zeit, erklärt sie, allerdings vermehrt im Ausland, besonders in Italien. So hätten Fachzeitschriften berichtet, dass zahlreiche Händler und Gastronomen in den vergangenen Wochen und Monaten massenhaft günstige Weinofferten für besonders schwer zu beschaffende italienische Weine von einer Firma bekommen haben. Diese Firma bestand allerdings nur auf dem Papier und wollte durch Vorkasse an das Geld ihrer Kunden kommen. Vor den Toren Roms seien Betrügereien aufgedeckt worden. Schwarzhandel mit Wein im Wert von siebenhunderttausend Euro. Ebenfalls in Rom seien mehrere zehntausend Liter Schaumwein und Mostkonzentrat unbekannter Herkunft beschlagnahmt worden. Auch in Frankreich werde gefälscht. So soll eine Firma Grand Crus Weinen Tafelwein beigemischt haben. Der Umfang dieser Fälschung belaufe sich auf insgesamt fünfhunderttausend Flaschen im Wert von zwei Millionen siebenhunderttausend Euro. Deutlich größer sei der Betrug eines Hauses ausgefallen, welches Etikettenschwindel betrieben habe. Nachdem Bestellungen für Weine eingegangen waren, von denen das Haus keine Vorräte mehr hatte, tauschte man dort kurzerhand die Etiketten aus. Die Menge, des auf diese Art gefälschten Weines, soll bei einer Million einhunderttausend Flaschen liegen.

»In vino veritas«, bemerkte Schatzhauser zynisch zwischendurch.

In Deutschland, so Nina weiter, seien Weine aufgetaucht, die mit Medaillen ausgezeichnet waren, die sie gar nicht bekommen hätten. Von alldem erreiche nur wenig die Öffentlichkeit. Man ist sich sicher, dass die Dunkelziffer bei solchen Vergehen sehr hoch ist. Machenschaften wie Subventionsbetrug mit teilweise mafiosem Hintergrund seien dabei noch nicht einmal mitgerechnet. Dort ginge es in die Milliarden, so Nina zum Schluss.

»Das sind ja rosige Aussichten«, so Oesterle.

»Wieso soll es in der Weinbranche anders sein als in der

ganzen Lebensmittel- und Genussmittelindustrie?«, warf Corinna ein. »Überall gibt es schwarze Schafe. Deshalb auch immer wieder der Appell von Nina und mir, möglichst dort zu kaufen, wo der Wein wächst und bei dem, dem man vertraut.«

Schatzhauser richtete sich in seinem Bett auf. »Dass es sich bei unserem speziellen Fall um mehr als um eine falsch deklarierte Flasche handelt, steht außer Zweifel, das zeigt auch der Tote im Maisfeld. Wir haben aber, außer besagtem Schließfach, dem Schuh des Toten und dieser ominösen Firma Vinophil keinerlei Anhaltspunkte. Ich denke, dass sich nach dieser Aktion auch die Sache mit dem Schließfach erledigt hat«, meint Schatzhauser resigniert.

»Ihr zwei schafft das schon«, verbreitete Nina etwas Optimismus.

»Wir lassen euch jetzt allein, damit ihr noch ein wenig Ruhe bekommt. Morgen sieht die Welt dann wieder freundlicher aus«, meint auch Corinna und gibt Oesterle noch einen Kuss zum Abschied. Dann verlassen die zwei Frauen das Krankenzimmer.

»Das alles kommt mir reichlich dubios vor«, richtet Schatzhauser sich an Oesterle. Wieso fliegt dieses Haus in die Luft? Wer wusste, dass wir dort ermitteln? Zuerst der Tote, dann die Explosion und wir? Was haben wir? Eine falsch deklarierte Flasche Wein und sonst nichts. Es ist zum Mäusemelken!«

Auch Oesterle äußert sich besorgt und meint. »Dies hier hat eine Größenordnung erreicht, die weit über einen normalen Betrug hinausgeht. Da sind Profis am Werk, Leopold. Die schrecken vor nichts zurück, wie es scheint. Wenn es so etwas Ähnliches ist, wie Nina angedeutet hat, dann können wir uns auf etwas gefasst machen. Aber warten wir doch die Untersuchungen der Spurensicherung ab. Wir stellen hier Überlegungen über ungelegte Eier an, das bringt nicht viel.«

»Du hast recht Fridolin, üben wir uns in Geduld und tanken wir Kraft für das, was kommt. Ein neuer Tag bringt vielleicht neue Erkenntnisse.«

Am nächsten Tag hält es Schatzhauser nicht länger in seinem Krankenbett. Nach der morgendlichen Visite gibt ihm der Arzt grünes Licht für seine Entlassung, rät ihm allerdings, es in den nächsten Tagen etwas ruhiger angehen zu lassen. Oesterle geht es den Umständen entsprechend gut. Er hat ein paar Rippenprellungen und einen entsprechenden Verband um die Brust und auch sein bandagiertes Bein schmerzt ihn noch ein wenig, aber auch er hat keine Lust auf ein längeres Krankenlager.

»Aber nur Schreibtischarbeit in der kommenden Woche«, gibt der Arzt Anweisungen, »danach sprechen wir uns noch einmal. Und meiden Sie möglichst vermeintlich leer stehende Häuser«, grinst er und lässt Schatzhauser und Oesterle allein.

»Wer den Schaden hat, spottet jeglicher Beschreibung«, ruft ihm Schatzhauser lachend hinterher.

»Das hab ich noch gehört«, schallt es vom Flur aus.

Nachdem alle Formalitäten erledigt sind, fährt ein Taxi die beiden Kommissare nach Hause.

13

Beethovens Neunte pfeifend, betritt Walter Schätzle gut gelaunt das Büro der beiden Kommissare.

»Vögel, die früh pfeifen, holt die Katze«, begrüßt ihn Schatzhauser missmutig.

»Kann sein«, lässt sich Schätzle seine Freude nicht vermiesen, »aber der frühe Vogel fängt auch den Wurm«, kontert er schlagfertig.

Jetzt werden die beiden Beamten hellhörig. »Welchen Wurm hast du uns denn mitgebracht, Walter«, will Schatzhauser wissen. Auch Oesterle beugt sich interessiert, aber verbunden mit einem schmerzhaften Stöhnen nach vorne und wuchtet sein dick bandagiertes Bein auf einen Schemel. Walter Schätzle setzt sich und Schatzhauser und Oesterle erfahren, was in der Zeit, als sie im Krankenhaus lagen, alles passiert ist. Es sei schwierig gewesen in dem verwüsteten Haus Spuren zu finden, vor allem das Löschwasser hätte vieles verwischt. Herausgefunden habe man, dass tatsächlich nur ein Raum in diesem Haus bewohnt, beziehungsweise genutzt worden war, was die zerborstenen Büromöbel vermuten ließen. Ansonsten sei im Haus selbst nichts Verwertbares zu finden gewesen. Fündig sei man erst geworden, als man das Gelände im Umkreis von fünfzig Metern um das Haus herum akribisch absuchte. »Hier ist das Ergebnis der Suche«, zog Schätzle triumphierend einen Plastikbeutel, in dem sich ein USB-Stick befand, aus seiner Tasche.

»Fürwahr, ein fetter Wurm, Walter«, grinst Schatzhauser erfreut. »Da bin ich aber mal gespannt, was wir darauf finden werden.« Er nimmt den Beutel in die Hand und zieht den Stick heraus.

»Wir haben die Fingerabdrücke natürlich gesichert und mit der Datenbank abgeglichen, ohne Erfolg. Den Stick überlasse ich euch, viel Spaß damit.«

»Vielen Dank, Walter«, verabschiedete Schatzhauser den Leiter der Spusi, »Solltest du noch mehr solcher frühmorgendlichen Würmer fangen, findest du in uns immer freudige Abnehmer.«

»Ich werde mir Mühe geben«, verspricht er, verlässt den Raum und setzt im Flur sein Pfeifkonzert mit dem Einzugsmarsch aus Aida fort.

»Sollten wir in diesem Fall endlich mal zu neuen Erkenntnissen kommen?«, wendet sich Schatzhauser an Oesterle.

Dieser nimmt den Stick und steckt ihn in den PC in der Hoffnung, dass kein Passwort sie hindert. Doch wie insgeheim befürchtet, erhalten sie keinen Zugang.

»Da muss unser Spezialist ran«, meint Oesterle resigniert. Vor gut einem Jahr hat man im Polizeipräsidium Offenburg einen Computerspezialisten eingestellt. Die ständig zunehmende Computerkriminalität hatte dies notwendig gemacht. Besonders das Betrugsdezernat profitierte von den Kenntnissen des Fachmanns und konnte mit dessen Hilfe schon etliche Fälle klären. Oesterle nimmt den Stick und macht sich auf den Weg zu ›Computermaxe‹. Schnell hatte Max Keller diesen Spitznamen weg und trägt es gelassen. Es sieht immer ein wenig chaotisch aus in seinem Büro und auch er selbst entspricht mit seinen ausgefransten Jeans und den, zu einem Zopf zusammengebundenen, leicht ergrauten Haaren fast genau dem Klischee eines Computerfreaks.

»Welch seltener Besuch«, empfängt er Oesterle. »Was kann ich für die Herren der Mordkommission tun?«

Oesterle schüttelt ihm die Hand, gibt ihm den Stick und erklärt ihm den Sachverhalt. »Es eilt, Max. Wir kommen in diesem speziellen Fall nicht weiter. Dieser Stick, beziehungsweise sein Inhalt ist wichtig und könnte uns einen entscheidenden Schritt voranbringen«, macht Oesterle die Sache dringend.

»Ich schaue, was ich tun kann und sobald ich den Code geknackt habe, bekommt ihr Bescheid.«

»Viel Glück«, wünscht Oesterle und verabschiedet sich; froh wieder in sein vertrautes, geordnetes Büro zu kommen. »Es erstaunt mich immer wieder«, meint er denn auch kopfschüttelnd und wendet sich Schatzhauser zu, »wie er es in dem Chaos aushält und sich sogar zurechtfindet.«

Dieser lacht und erwidert: »Nur wer genügend Chaos im Kopf hat, gebiert leuchtende Sterne, sagte schon der alte Nietzsche.«

»Ja dann wollen wir mal hoffen, dass Computermaxe unseren Stick zum Leuchten bringt«, stimmt dieser in das Lachen ein.

Doch erst am späten Nachmittag, beide hatten die Hoffnung fast aufgegeben, bringt Max Keller ihnen den Stick zurück.

»Und?« Beide Beamten schauen ihn hoffnungsvoll an.

»Es hat etwas länger gedauert, da nicht nur das Passwort zu knacken war, sondern auch einzelne Dateien noch einmal extra codiert waren. Da hat sich jemand richtig Arbeit gemacht. Ich hoffe, ihr könnt mit den Daten was anfangen.«

»Das wird sich zeigen Max und vielen Dank für deine Hilfe«, nimmt Schatzhauser den Stick in Empfang und verabschiedet den Computerfachmann. Oesterle hat bereits wieder hinter seinem Schreibtisch Platz genommen. Neugierig was sie erwartet, steckt er den Stick in den PC. Und tatsächlich auf dem Bildschirm erscheinen Tabellen mit Zahlen und Geldbeträgen in unterschiedlicher Höhe.

Schatzhauser ist verdutzt und schaut Oesterle fragend an. »Kannst du damit was anfangen, Fridolin?«

»Im Moment noch nicht«, meint dieser und sichtet weiter das ihnen vorliegende Datenmaterial. »Aber mir scheint, dass es sich hierbei um verschlüsselte Angaben handelt. Ohne den betreffenden Codeschlüssel kommen wir nicht weiter, können nur raten oder vermuten und stochern im Nebel rum.«

»Das sehe ich auch so«, pflichtet ihm Schatzhauser bei.

»Gehen wir aber einmal davon aus, dass es sich hierbei um Datenmaterial der ominösen Firma Vinophil handelt, die bekannterweise mit Wein zu tun hat, und zwar mit gefälschtem Wein, dann liegt doch die Vermutung nahe, dass die durchgehende Nummerierung von eins bis fünfundneunzig auf der linken Seite der Tabelle eventuell verschiedene Chargen Wein betrifft. Die Zahlen rechts daneben könnten die vorhandene Stückzahl der einzelnen Positionen benennen. Noch weiter rechts stehen Eurobeträge von fünf bis fünfzig Euro. Das könnte bedeuten, dass es sich hierbei um den Preis für den betreffenden Wein handelt.«

»Bis dahin kann ich mich deinen Vermutungen anschließen«, unterbricht ihn Oesterle und öffnet eine neue Datei, in der wieder nur Zahlen zu sehen sind. »Aber was ist mit diesen Tabellen?«

Schatzhauser zuckt mit den Schultern und sinniert weiter. »Denken wir doch einfach mal ins Blaue hinein«, spinnt er den angefangenen Faden weiter. »Im ersten Fenster, nehmen wir an, sind die zur Verfügung stehenden Weine aufgelistet, samt ihrem Preis. Die Weine müssen aber auch irgendwoher kommen und irgendwohin geliefert werden. Wer sind die Erzeuger und wer die Abnehmer?«

Die Nächste und wie es scheint, letzte Datei öffnet sich. Wiederum nur Zahlen. »Schau mal hier ganz links«, fährt Oesterle mit dem Cursor an besagte Stelle. Das sind Zeitangaben. Das fängt an mit dem 6.4.2008 und endet mit dem Datum von vor einer Woche. Also an dem Tag, als das Haus in die Luft flog.«

»Gut Frodo, klingt plausibel. Was mir aber neben diesen ganzen Zahlen irgendwie komisch vorkommt ist, warum dies alles auf diesem Stick gespeichert ist. Ein solcher Stick kann doch immer, wie in diesem Fall auch, verloren gehen oder sonst in irgendwelche falschen Hände geraten. Wieso geht man dieses Risiko ein?«

»Weil man mit diesem Stick flexibler ist. Die Dinger verfügen mittlerweile über eine irre Speicherkapazität. Man steckt ihn in einen x-beliebigen Computer, egal an welchem Ort und schon hat man alles, was man braucht. Wenn mehrere Vertreter unterwegs sind, brauchen die nicht alle einen Laptop mitzuschleppen, sondern nur diesen Stick.«

»Leuchtet ein«, gibt ihm Schatzhauser recht. Dann spricht Oesterle noch einmal auf die vermeintlichen Stückzahlen an und meint, wenn man die einzelnen Mengen einmal zusammenrechnet, würde dabei eine Zahl von mehreren Tausend Flaschen zusammenkommen.

»Wenn unsere Annahme stimmt, Fridolin, dann muss es dafür eine große Halle geben, in der die Weine gelagert werden können.«

»Oder das Ganze ist an verschiedenen Orten verteilt, um das Risiko entdeckt zu werden so gering wie möglich zu halten«, ergänzt dieser.

»Da ist was dran«, nickt Schatzhauser zustimmend und meint, dass dieser Stick zwar ein wichtiges Beweisstück sei, er jedoch im Moment zu wenig nütze, wenn die Zahlen nicht genau zugeordnet werden können.

14

»Wir brauchen unbedingt den USB-Stick! Wie konntest du nur so bescheuert sein und den Stick nicht an einem sicheren Ort deponieren.«

»Ich hab die Daten vom Rechner runtergeladen und dann gelöscht, wie du es wolltest. Den Stick hab ich dann auf die Ablage gelegt, weil ich die Sprengladung installiert habe. Dann habe ich alles, was im Büro war, runtergetragen und in unserem Transporter verstaut. Ich hab den Stick schlicht und einfach vergessen, tut mir leid«, antwortete der Beschimpfte kleinlaut.

»Hoffen wir, dass er nicht gefunden wird. Wir müssen noch einmal an das Haus und die Gegend absuchen.«

»Ich denke, das hat wenig Zweck«, wagte sein Kumpel zu widersprechen. »Ich habe aus sicherem Abstand heraus beobachtet, wie die Spurensicherung das ganze Gelände abgesucht hat. Wenn da was gewesen ist, haben sie es sicherlich gefunden, und wenn sie etwas gefunden haben, werden sie sicher zu dem Schluss kommen, dass wir danach suchen und sie werden das Haus und die Umgebung überwachen.«

»Da hast du leider recht«, muss sein Kumpel zerknirscht zugeben. »Aber was wird der Chef dazu sagen? Das ist jetzt schon der zweite Fehler, der uns unterlaufen ist. Zuerst der Tote und jetzt das hier. Gerade jetzt, wo wir eine neue, größere Ladung erwarten.«

»Er wird uns schon nicht den Kopf abreißen, bis jetzt lief doch alles wie am Schnürchen. Wer konnte auch ahnen, dass diese eine Flasche so einen Staub aufwirbeln wird.«

»Der Fehler ist nun mal passiert und kann nicht rückgängig gemacht werden«, beruhigten sich die beiden wieder etwas. Dann schlossen sie das große Hallentor, setzten sich in ihren vollgepackten Lieferwagen und fuhren davon.

15

»Na, wie weit seid ihr mit den Ermittlungen?«, Nina schaut Schatzhauser fragend an.

Dieser sitzt zusammen mit Oesterle schon bei Corinna auf dem Balkon. Oesterle hat sein Bein hochgelegt, Corinna bemuttert ihn und Schatzhauser vergnügt sich mit einem Glas Riesling.

»Es könnte besser laufen«, gibt er ihr zur Antwort. »Wir haben zwar einige Anhaltspunkte, die, wenn wir die Zusammenhänge herstellen könnten, vielleicht auch zur Lösung führen, aber uns fehlen die nötigen Mosaikteile. Wir wissen, dass der Tote im Maisfeld zur Firma Vinophil gehört und sehr wahrscheinlich, weil der Wirt ihn identifiziert hat und wir ihn auf der Aufzeichnung der Kamera beim Entnehmen von Briefen aus dem Schließfach erkannt haben, umgebracht wurde. Weiterhin können wir davon ausgehen, dass Mitarbeiter besagter Firma auch für die Explosion verantwortlich sind. Der unmittelbar neben dem Haus gefundene USB-Stick kann ebenfalls mit großer Wahrscheinlichkeit der Firma zugerechnet werden. Doch können wir leider im Moment, mit den sich darauf befindenden Daten noch wenig anfangen. Eine Spur haben wir jedoch noch,« erinnert sich Schatzhauser. »Die habe ich in dem ganzen Trubel ganz vergessen. Der Vorschlag von Fridolin bezüglich der Schuhe des Ermordeten.«

»Wie, was haben seine Schuhe damit zu tun?«, fragt Nina neugierig.

Schatzhauser erzählt die Geschichte vom Leisten und der Schusterwerkstatt.

»Ja, ja, so ist er, mein kluger Schnüffler«, streicht Corinna Oesterle liebevoll übers Haar.

Dieser lächelt verlegen und antwortet. »Wir kennen die Initialen des Schusters. Im Netz werden wir sicherlich an die Adresse kommen. Dann sehen wir weiter. Außerdem müssen wir uns weiter mit dem Stick beschäftigen.«

»Aber das ist doch besser als gar nichts«, gab sich Nina zuversichtlich.

»Nina, wo wir jetzt hier zusammensitzen und ein wenig Zeit haben, würde mich das Thema Weinfälschungen, von dem du vor ein paar Tagen gesprochen hast, doch noch näher interessieren, denn wie es aussieht, hat das, was hier passiert eine weitaus größere Dimension als anfangs angenommen und ist mehr als nur ein paar falsche Etiketten auf eine Flasche zu kleben und diese dann teuer zu verscherbeln.« Schatzhauser beugt sich interessiert nach vorne. Alle sind gespannt, was Nina zu sagen hat. Diese schenkt sich allerdings zuerst einmal ein, nippt an ihrem Glas und nickt zufrieden, weil ihr der Wein schmeckt. Ihr Gesicht wird ernst, als sie antwortet.

»Das richtig große Geld wird nicht mit dieser Art von Geschäften gemacht. Das läuft subtiler ab und ist von langer Hand vorgeplant. In Deutschland sind die Kontrollen innerhalb der Weinwirtschaft durchgängig. Sie fangen bei der Katalogisierung der Weinberge an und hören mit der Vergabe von Prüfungsnummern für Weine ab der Stufe Qualitätswein auf. Dazwischen liegen ein Wust an Formularen, Untersuchungen, teilweisen Stichproben und, und,

und. In Deutschland haben wir Unmengen an Vorschriften die einzuhalten und teilweise mit erheblichen Kosten und Arbeitsaufwand verbunden sind. Leider werden diese Kontrollen in den südlichen Ländern, vor allem in Spanien und Italien, sehr viel laxer gehandhabt.«

»Kannst du mal ein konkretes Beispiel nennen«, wirft Schatzhauser ein.

»Klar! Schau dir mal die Menge an Prosecco an, die alleine in Deutschland getrunken wird. Meinst du, die etwa dreitausendfünfhundert Hektar der Rebsorte Prosecco, die in dem Voralpental der Provinz Treviso stehen, würden ausreichen, den Bedarf zu decken. Auch dann nicht, wenn zehn Prozent der einheimischen Rebsorte Verdis und bis zu fünfzehn Prozent Weißburgunder, Grauburgunder und Chardonnay aus anderen Anbaugebieten, zugesetzt werden dürfen. Das Gleiche gilt für die Chianti Classico Weine aus dem mit etwa siebentausend Hektar eng abgegrenzten Gebiet der Toscana zwischen Siena und Florenz oder für die Barolos aus dem Piemont. Schau dir die gesamten italienischen Produktionszahlen einmal an. Von circa fünfzig Millionen Hektolitern Wein kommt etwa ein Drittel aus Apulien oder Sizilien. Abgefüllt wird diese Menge keinesfalls. Der größte Teil landet in den von der EU mitfinanzierten Destillationsanlagen. Der Rest wird als Verschnittweine in viele andere Länder geliefert oder dient dazu, Weine aus dem Norden Italiens etwas aufzupuschen. Manchmal nur ein wenig und manchmal auch ein wenig mehr.«

»Aber, ist das denn erlaubt?«, fährt Schatzhauser abermals dazwischen.

»Wo kein Kläger, da kein Richter«, fährt Nina fort. »Man hilft sich sozusagen untereinander nach einem fein austarierten System.«

»Und wie funktioniert das?«, will Schatzhauser wissen.

»Sei doch nicht so ungeduldig, Schatzi, ich erklär's dir.

Damit innerhalb Italiens die Weinmenge in einer wunderbaren Balance bleibt, geben die Norditaliener mehr Rebfläche, als sie tatsächlich bewirtschaften. Auch dort gibt es eine Hektarhöchstbegrenzung. Der Süden hingegen gibt weniger Fläche an, als dort in Wirklichkeit bewirtschaftet wird und liefert das, was nicht destilliert, wird in den Norden, um deren Deklarierungslücke zu schließen. Vorher haben die schlitzohrigen Süditaliener natürlich noch von der EU die Stilllegungsprämie für angebliche Rodungen von Rebflächen kassiert.«

»Ja, überprüft das denn keiner?«, regt sich Schatzhauser wieder auf.

»Ach Schatzi, der Süden, Sizilien, heiß und trocken, Leute, die die Hand aufhalten oder alle Augen einschließlich der Hühneraugen zudrücken. Daher kommt dann übrigens auch der Ausdruck blindes Huhn«, lacht Nina und Schatzhauser stimmt mit ein. »Ich erzähle dir jetzt mal in Kurzform, wie sich ein Szenario abgespielt haben könnte. Die Gebrüder Lange, zwei kompetente und lustige Weinjournalisten, haben es so ähnlich in ihrem Buch ›Crashkurs Wein Bella Italia‹ beschrieben.

Ein EU-Kommissar, zuständig für Stilllegungen von Rebanlagen ist auf dem Flughafen Palermo gelandet. Leider sind in der EU meist Leute zuständig, die noch nie in ihrem Leben einen Weinberg gesehen, geschweige denn, sich eingehend mit der Materie befasst haben und nur den Gesetzen eines, wie sie sagen, liberalen Marktes gehorchen, bzw. unterworfen sind. Das ist bei dem jetzigen für Weinbau zuständigen, realen EU Kommissar übrigens nicht viel anders. Da wird nicht nachgefragt, nichts überprüft, keinen Besonderheiten Rechnung getragen. Da wird ausgeführt und damit hat sich der Fall. Und wenn dies noch möglichst schnell und ohne großen Arbeitsaufwand geschehen kann, umso besser. Aber nun weiter mit der Geschichte. Besagter Kommissar ist gelandet. Nehmen wir einmal an, es ist ein

Niederländer. Er steigt aus. Es herrscht eine Bullenhitze. Der Bürgermeisterstellvertreter empfängt den hohen Gast, dem bereits nach nur wenigen Minuten der Schweiß aus allen Poren rinnt. Man bittet ihn, in ein Auto einzusteigen. Das Auto wird von einem Konvoi von Carabinieri begleitet. Die Sonne knallt erbarmungslos und die Klimaanlage gibt ihren Geist auf. Nach gut einer Stunde Fahrt hält der Wagen, dessen Inneres mittlerweile die Temperatur eines eingeschalteten Backofens erreicht hat. Der Kommissar steigt aus. Leichenblass. Die Mittagssonne tut ihr Übriges. Man zeigt ihm nur kurz ein Gelände, auf dem noch nicht mal ein Grashalm zu sehen ist, und gibt ihm zu verstehen, dass dies die stillgelegte Fläche Numero uno sei. Dem Kommissar wird fast schwindlig, als er den Haken für ›überprüft‹ in seine Liste an der zuständigen Stelle macht. Kaum fertig damit, zerrt man ihn schon wieder in den Wagen und der Konvoi braust los durch unwirtliches, unübersichtliches Gelände. Es staubt, man kann kaum die Hand vor Augen sehen. Zeitgefühl sowie Orientierungssinn schwinden langsam und sind irgendwann nicht mehr vorhanden. Endlich hält dann der Wagen wieder, an der zweiten gerodeten Weinbaufläche. Draußen spielt zur Begrüßung eine Musikkapelle und man reicht dem Kommissar ein Erfrischungsgetränk. Dem wird langsam schummrig, aber ehe er sich richtig umschauen kann, sitzt er schon wieder im Wagen. Weiter geht's. Innerhalb von gut fünf Stunden hat man dem niederländischen EU-Kommissar fast zwei Liter Tafelwein zu trinken gegeben, ihn mit Blasmusik traktiert und ihm dabei dreimal dieselbe stillgelegte Fläche vorgeführt. Die restlichen Flächen hat man nicht mehr geschafft, aber der Begleiter des Kommissars, jener Bürgermeisterstellvertreter, versprach, dies ordnungsgemäß in seinem Namen zu prüfen und abzuhaken. Der erschöpfte Kommissar ist zufrieden. Kaum in Brüssel angekommen, kündigt er seinen Job. Die EU überweist für zweitausendfünfhundert Hektar stillgelegte Fläche die Prämien. Diese werden gleichmäßig auf die Mitglieder des sizilianischen Konsortiums verteilt. Diese produzieren allerdings munter weiter und der ehemals Stellvertreter ist nun Bürgermeister.«

»Stimmt das wirklich?« Schatzhauser sitzt da mit offenem Mund und begreift die Welt nicht mehr.

»Sagen wir mal, es könnte stimmen«, grinst Nina. »Aber so ähnlich läuft es wirklich. Subventionsbetrug in riesigem Ausmaß. Der EU Agrarhaushalt ist milliardenschwer und ein steter Zankapfel innerhalb der Mitgliedsstaaten. Wer weiß schon, wo die Gelder der EU überall hinfließen, um letztlich irgendwo zu versickern, ohne dass sie etwas Positives bewirkt hätten. In der Regel profitieren Großbetrieb und diejenigen, die richtig gute Qualität produzieren, auf die Umwelt achten und nachhaltig wirtschaften, gehen leer aus. Verkehrte Welt.« Immer noch blickt Nina in erstaunte Gesichter.

»He Leute«, wir lassen uns doch dadurch nicht diesen schönen Sommerabend vermiesen, zumal wir uns sicher sein können, das bei dem, was wir trinken, auch das drin ist, was draufsteht. Prosit!«

Die Gesichter der Freunde werden entspannter, die Atmosphäre wird wieder locker und es bleibt nicht bei der einen Flasche an diesem Abend. Weit nach Mitternacht lässt sich Schatzhauser mit einem Taxi nach Hause fahren. Oesterle und Nina übernachten bei Corinna.

16

Die Maschinen rattern in der kleinen Privatdruckerei. Lautstark unterhalten sich zwei Männer. Einer von ihnen gestikuliert wild mit seinen Händen.

»Du hast mir versprochen, dass bis heute alles fertig ist! Die Flaschen müssen etikettiert werden. Übermorgen muss eine Lieferung von fünftausend Flaschen raus! Das Geschäft ist terminiert und ich habe keine Lust, durch deine Schlamperei Nachteile zu erleiden!«

»Nun beruhige dich doch. Die Etiketten zuzüglich der Prämierungsaufdrucke sind ja fertig. Sie müssen nur noch geschnitten und gebündelt werden. In zwei Stunden kannst du sie mitnehmen.«

Nur langsam weicht die Röte aus dem Gesicht seines Gegenübers. »Muss das immer auf den letzten Drücker geschehen?«, kann er sich dennoch nicht verkneifen zu bemerken.«

»Wenn es legal wäre, sicherlich nicht«, meint der Andere zynisch. »Du wirst schwerlich eine Druckerei finden, die das macht, was ich mache.«

»Und du schwerlich einen, der dich für diese Arbeit mehr als fürstlich entlohnt«, kommt prompt die Retourkutsche.

Eigentlich wissen beide, dass sie voneinander profitieren und der Eine genauso in diese illegalen Handlungen verstrickt ist wie der Andere. Langsam werden sie sich dessen wieder bewusst. Aber seit den jüngsten Ereignissen sind die Nerven bei allen etwas angespannt.

So fragt denn auch der Druckereibesitzer etwas ängstlich: »Jacques, kann es wegen dieser Vorfälle zu Problemen kommen?«

Der Angesprochene merkt, dass er den Bogen etwas überspannt hat, und legt jetzt beruhigend seine Hand auf die Schulter des Druckers, als er sagt: »Aber Nein, die Spuren sind beseitigt. Die Polizei hat keine Anhaltspunkte.«

»Wenn das rauskommt, das weißt du, kann ich meine Druckerei zumachen.«

»Das wird nicht passieren«, ist besagter Jacques sich sicher.

Um die zwei Stunden zu überbrücken, trinken beide noch ein Glas. Seit 2008 arbeiteten sie zusammen. Die Druckerei lief nicht so besonders und so griff der Besitzer zu, als er das Angebot bekam, eine große Menge Etiketten und Prämierungsschleifen zu drucken, die der Anbieter in der Tat sehr gut bezahlte. Die Aufträge kamen in unregelmäßigen Abständen. Die Größenordnungen bewegten sich zwischen fünfhundert und fünftausend Stück. Der Auftraggeber brachte die Vorlage, gab die Menge der zu druckenden Etiketten an und bestimmte den Zeitpunkt, zu dem sie fertig sein sollten. Das Gleiche geschah mit den Prämierungskennzeichen. Der Drucker wusste, dass dies alles nicht ganz legal war. Trotzdem nahm er die Aufträge an. Geld stinkt bekanntlich nicht. Er wunderte sich nur, dass die meisten Etiketten für Weine bestimmt waren, die nicht aus Deutschland stammten. Im Netz hatte er sich kundig gemacht. Dabei ist er auf sehr illustre Namen gestoßen. Weine, die pro Flasche mit mehr als zwanzig oder dreißig Euro gehandelt wurden. Manche sogar weit darüber. Weiterhin wusste er, dass die Prämierungskennzeichen von ihm eigentlich gar nicht gedruckt werden durften. Wenn ein Wein, bei irgendeiner Prämierung eine Medaille bekommen hat, bekommt der Erzeuger nur die Menge an Prämierungskennzeichen zuerkannt, die auch der Menge der Flaschenzahl des prämierten Produktes entspricht. Jeder Erzeuger bekommt die Kennzeichen dann zugeschickt und kann nicht zu irgendeiner Druckerei gehen und dort die Kennzeichen in x-beliebiger Höhe drucken lassen. Er wusste also, worauf er sich eingelassen hatte und was auf ihn zukommen würde, falls das alles herauskäme. Beide saßen im selben Boot. Deshalb war es unsinnig, sich zu streiten.

Die zwei Stunden sind um. Die Etiketten und Kennzeichen geschnitten, gebündelt und verpackt.

»Nichts für ungut«, versucht der mit maßgeschneidertem Anzug gut gekleidete Jacques das Vorgefallene Vergessen zu machen. Er bezahlt den Drucker, wie es sich bei solchen Geschäften gehört in bar, klopft ihm auf die Schulter und verlässt mit dem Paket den kleinen Familienbetrieb.

17

Oesterle surft im Internet. Er versucht den Schuster ausfindig zu machen. Er gibt die Begriffe ›Schuster‹, ›Magritte‹ und ›Pfeif‹ ein. Und siehe da, unter einer Unmenge anderer Suchergebnisse taucht tatsächlich auch der Name einer Schusterwerkstatt auf. Oesterle klickt auf den Link zur Homepage. Zu seiner Verwunderung sitzt der Schuster nicht irgendwo in Belgien, wie er vermutet hatte, sondern in Köln. Unter dem Slogan ›Unsere Schuhe können Sie nicht in der Pfeife rauchen‹ macht die Schustermanufaktur Magritte Reklame für ihre handgefertigten Schuhe. Oesterle notiert sich die Telefonnummer und greift zum Telefon.

»Na, fündig geworden?«, betritt in diesem Moment Schatzhauser das Büro.

»Lässt sich gut an, schau mal auf den Bildschirm«, fordert Oesterle ihn auf und ist schon dabei, die Werkstatt telefonisch zu erreichen. Er hat Glück. Nach dreimaligem Klingeln ist jemand am Apparat. Oesterle drückt die Mithörtaste und stellt sich vor. In breitestem Kölsch gibt sich der Gesprächspartner überrascht, dass die Kripo Offenburg etwas von ihm will. Noch erstaunter ist er, als er hört, worum es geht. In groben Zügen erklärt Oesterle ihm die Sachlage und fragt, ob die Schuhe mit dem Emblem einer Pfeife und dem Eindruck Magritte aus seiner Werkstatt kämen.

»Sicher datt«, kommt die Bestätigung. Und nach gutem rheinischem und spezifisch kölschem Brauch holt der Gesprächspartner mit den Worten: »Datt wor ens esu«, weit aus und erklärt Oesterle, wie es dazu kam, dass sich eine Schusterwerkstatt mit Namen Magritte in Köln niedergelassen hat.

Schatzhauser grinst, als er sieht, dass Oesterle immer

ungeduldiger wird. Nachdem der, wie sich im Lauf des Gesprächs herausstellte, Chef der Manufaktur seine Lebensgeschichte erzählt hat und auch die von zwei Generationen vor ihm, kommt Oesterle endlich dazu zu fragen, was er machen müsse, um an den Namen des Mannes zu kommen, für den die Schuhe angefertigt worden sind. Er brauche nur einen Schuh, bekommt er zur Antwort. Oesterle soll ihm einen an die Werkstattadresse schicken. Er sucht dann den passenden Leisten raus. Jeder Leisten ist nummeriert. Die Nummern sind in einer Liste eingetragen und dem Namen des Schuhträgers zugeordnet. Wenn er den Schuh habe, dauere es nur wenige Minuten und er werde Oesterle den Namen mitteilen. Oesterle gibt dem hilfsbereiten Werkstattbesitzer seine Mailadresse und bittet ihn, ihm den Namen und wenn vorhanden, auch die Anschrift oder andere, die Person betreffende Daten auf diesem Weg mitzuteilen. Dann bedankt er sich für die Hilfe und verabschiedet sich.

»Fast hätte er mir noch in seiner unnachahmlichen Sprache erzählt, was seine Vorfahren im Dreißigjährigen Krieg gemacht haben«, lehnte er sich entnervt zurück.

»Ich weiß nicht, was du gegen die Sprache hast, ich finde sie lustig und höre sie mir gerne an. Auch die Mentalität der Kölner und ihre Stadt mag ich, obwohl das mit dem Klüngel sicherlich nicht immer einfach ist. Ich war oft in Köln. Die Leute sind nett, hilfsbereit und unverfälscht. Dort herrscht nicht dieses Schickimickigehabe wie in anderen Großstädten.«

Schatzhauser setzte sich neben seinen jungen Kollegen. »Was denkst du, wenn einer aus dem Norden in unsere Gegend kommt, was der von unserer Sprache hält? Ein Bekannter von der Mosel, er wohnt jetzt schon seit über zehn Jahren hier, erzählte mir einmal, dass, als er kurz nach seinem Umzug ins Badische in einer Runde mit neuen Tenniskollegen saß, kein Wort verstanden hat. Es wäre wie nach dem Turmbau zu Babel gewesen, meinte er. Jeder sprach Dialekt. Er habe da gesessen und gedacht, über was reden die? Das sei so lange gegangen, bis einer bemerkt habe, dass er sich ja gar nicht am Gespräch beteiligte und zu seinen Kollegen gesagt habe, dass man hochdeutsch sprechen solle. Alle hätten ihn verdutzt angeschaut, sich aber bemüht, um dann nach nur wenigen Minuten, wieder in den alten Sprachrhythmus zurückzufallen. Er habe dann die Sprache einfach wie eine Musik aufgenommen, da es nicht nur einzelne Worte gewesen seien, die für ihn unverständlich und fremd waren, sondern auch die Satzstellung und die Betonung. Mit der Zeit habe er sich eingehört und mit ›Heilandsack‹ fluche er auch schon Badisch. Nur mit den Zeitangaben wie viertel zehn oder drei viertel zwölf habe er allerdings noch immer Schwierigkeiten.«

»Was ist denn daran schwierig?«, will Oesterle wissen.

Nichts«, lacht Schatzhauser, »aber was für uns selbstverständlich ist, muss es nicht unbedingt für andere sein. Thema beendet.«

Oesterle stand auf und wollte zu seiner Krücke greifen, als ihn Schatzhauser auffordert sitzen zu bleiben und sich zu schonen.

»Du erledigst den Schreibkram, das Andere mache ich.«

Er lässt seinen Worten Taten folgen, nimmt die Adresse der Schusterwerkstatt, öffnet die Tür zum Nebenzimmer und beauftragt die Sekretärin, ihm ein Päckchen zu besorgen, in das man einen Schuh packen könne. Dann reicht er ihr den Zettel mit der Adresse. Um besagten Schuh zu holen, macht er sich auf den Weg zur Asservatenkammer. Als er zurückkommt, hat die Sekretärin schon das nötige Verpackungsmaterial zurechtgelegt, verpackt den Schuh und macht das Päckchen versandfertig.

Schatzhauser wendet sich an Oesterle. »Fridolin, ich fahre jetzt zur Post, nehme das Paket mit und erkundige mich noch einmal bezüglich des Schließfachs. Vielleicht hat sich ja da doch noch wider Erwarten etwas ergeben.« Er greift nach Mantel und Hut und verlässt das Zimmer. Dreht sich allerdings noch einmal um. »Fast hätte ich's vergessen; heute Abend ist Nina bei den Laubenthalers und referiert über Wein und Käse. Sie hat gefragt, ob wir nicht mitkommen wollen. Geht das mit deinem Bein?«

»Ich trink den Wein ja nicht mit den Füßen und zum Essen brauch ich sie auch nicht, du kannst also ruhig zusagen.«

»Ha, Ha«, spielt Schatzhauser den Beleidigten ob Oesterles frotzelnder Bemerkung und schließt die Tür.

»Sollte ein Witz sein!«, ruft dieser hinter ihm her.

»Also, zwanzig Uhr bei Laubenthalers!«, tönt es vom Flur her.

Schatzhauser fährt zur Post und gibt das Paket ab. Dann bittet er den Filialleiter, sich nochmals die Kameraaufzeichnungen anschauen zu dürfen, auf denen die Schließfächer zu erkennen sind. Der Postbeamte, der sich natürlich noch an den letzten Besuch des Kommissars erinnern kann, klärt ihn darüber auf, dass besagtes Schließfach telefonisch gekündigt worden sei, und zwar zwei Tage nach dem letzten Besuch der beiden Kommissare. Schatzhauser wirkt wenig erstaunt. Schatzhauser rügt den Postbeamten leicht, da er erst jetzt von der Kündigung berichtet, meinte jedoch: »Das hab ich mir gedacht, wäre auch zu schön gewesen.« Doch dann schießt ihm ein Gedanke durch den Kopf: »Ist es vielleicht möglich, an die Telefonnummer des Anrufers zu kommen?«

»Selbstverständlich«, antwortete der Postler, »bei uns wird alles aufgezeichnet. Kommen Sie bitte mit.«

Schatzhauser folgt ihm in dessen Büro. Es dauert nur wenige Minuten, dann erscheint auf dem Bildschirm eine Liste mit Telefonnummern und Zeitangaben.

»Hier, sehen Sie«, fährt der Filialleiter mit dem Cursor auf eine ganz bestimmte Stelle. »Dienstag, zehn Uhr zweiunddreißig, ein Anruf vom Handy aus. Wenn er kein Handy mit einer Prepaidkarte benutzt hat, können wir den Nutzer herausbekommen.«

»Ich glaube nicht, dass die so dumm sind«, meint Schatzhauser, »aber einen Versuch ist es allemal wert.«

Leider sollte er recht behalten, der Besitzer des Handys war nicht zu ermitteln. »Trotzdem, vielen Dank für Ihre Hilfe«, verabschiedete er sich und machte sich wieder auf den Weg zu seinem Auto.

Bevor er wieder zurück ins Präsidium fährt, macht er einen kleinen Umweg zu dem Restaurant, in dem Nina und er gegessen und den gefälschten Wein vom Weingut Balthasar getrunken haben. Er hat Glück, der Chef ist anwesend.

»Was gibt's Neues?«, begrüßt dieser den Kommissar.

»Mir ist da noch eine Frage eingefallen, deren Antwort vielleicht wichtig ist und uns weiterhelfen könnte«, setzt sich Schatzhauser an einen Tisch und bestellt einen Kaffee, da er noch fahren muss und heute Abend sicherlich etliches an guten Weinen bekommen wird. »Erzählen Sie mir mal ganz genau, wie diese Lieferung der Balthasar-Weine vor sich gegangen ist.«

Der Wirt bereitet den Kaffee zu, stellt ihn auf den Tisch und setzt sich Schatzhauser gegenüber. »Das ging alles ganz problemlos. Ich bekam eine Mail der Firma Vinophil. Dort wurden mir verschiedene Weine angeboten. Auch Weine des Weinguts Balthasar und, wie ich schon erwähnt habe, zu einem deutlich niedrigeren Preis als ich sie vom Weingut hätte beziehen können. Ich bestellte per Internet vierundzwanzig Flaschen. Die wurden mir dann auch, wie Sie ebenfalls wissen, von dem ermordeten Mitarbeiter der Firma geliefert.«

»Wann?«, unterbrach ihn Schatzhauser.

»Noch am gleichen Tag«, entgegnete der Wirt, ich habe mich seinerzeit auch gewundert, dass es so schnell ging.«

»Genau das wollte ich wissen, zeigte sich Schatzhauser über diese Auskunft erfreut. »Wenn das so schnell geht, ist davon auszugehen, dass man in unmittelbarer Nähe ein Depot eingerichtet hat, in dem die Weine gelagert werden. Das muss keine große Halle sein, aber schon so groß, dass ein ganzes Sortiment an Weinen in größerer Stückzahl Platz hat. Die werden sicherlich nicht den Fehler machen, alles zentral zu lagern. Das wäre zu riskant. Wenn sie auffliegen, ist ein kleines Depot sehr viel schneller leer geräumt als eine ganze Halle.« Wie so oft vergisst Schatzhauser, wenn er einen Gedanken zu Ende spinnt, Zeit und Raum. Er sinniert vor sich hin, zieht Schlüsse und merkt nicht, dass ihm da noch einer gegenübersitzt. Erst als er die Kaffeetasse wieder abstellt, wird ihm bewusst, dass er wieder einmal in Gedanken versunken war. Er entschuldigt sich bei dem Restaurantbesitzer, bezahlt seinen Kaffee und verabschiedet sich mit den Worten: »Ich glaube, Sie haben mir ein wenig weitergeholfen.«

»Grüßen Sie Frau Zinsendorf von mir!«, ruft ihm der Wirt noch hinterher.

»Mach' ich gern«, kommt die Antwort.

Schatzhauser steigt in seinen Wagen und fährt zurück ins Präsidium.

»Warst du erfolgreich?«, begrüßt ihn Oesterle.

»Wie man's nimmt. Die Sache mit dem Schließfach ist gestorben. Es wurde gekündigt. Ich war noch mal bei dem Wirt, der den Toten wiedererkannt hat. Bei einem Gespräch mit ihm haben sich Fakten ergeben, die den Schluss zulassen, dass besagte Firma Vinophil ein mehr oder weniger großes Lager ganz hier in der Nähe haben muss.«

»Hast du gerade Lager gesagt?« Oesterle macht sich hektisch am PC zu schaffen, verzieht schmerzhaft sein Gesicht, als er mit dem lädierten Bein an den Schreibtisch stößt, und bittet Schatzhauser, sich neben ihn zu setzen. Dann steckt er den USB-Stick in den Rechner und auf dem Bildschirm erscheinen die schon bekannten Zahlenkolonnen. Er bittet Schatzhauser, in die linke obere Ecke zu schauen. Dort ist L 1 zu lesen. Oesterle scrollt nach unten. Auf der nächsten Seite steht oben links L 2. Das geht so weiter bis L 10. »Sieht das nicht so aus, als ob es sich um zehn verschiedene Depots handeln könnte, Leopold?«

»Da könntest du recht haben, Frodo. Da lag ich ja mit meiner Vermutung nicht so verkehrt. Ich habe allerdings nicht gedacht, dass es so viele sind. Die Info ist zwar interessant, aber sehr viel weiter bringt sie uns auch nicht. Wir müssen uns auf den Toten konzentrieren. Und auf die Auskunft des Kölner Schusters warten. Einen anderen Anhaltspunkt haben wir vorerst nicht. Lass uns also Feierabend machen. Der Arzt hat gesagt, wir sollen uns noch etwas schonen. Folgen wir also seinem Rat. Ich fahre dich nach Hause. Heute Abend sehen wir uns dann bei den Laubenthalers.«

»Einverstanden«, nickt Oesterle und humpelt Schatzhauser hinterher, der schon Mantel und Hut von der Garderobe genommen hat und Richtung Ausgang geht.

18

Mittlerweile hat es sich nicht nur in Fachkreisen herumgesprochen, dass in unregelmäßigen Abständen Wein-Seminare im Weingut Laubenthaler von der bekannten Sommelière Nina Zinsendorf abgehalten werden. Nein, auch Menschen, die sich nicht intensiv mit Wein und dessen Umfeld beschäftigen, sind neugierig und lassen sich gerne von Ninas Natürlichkeit, Fachkompetenz und ehrlicher Begeisterung anstecken. Außerdem spielt die gute Küche des Restaurants und die ebensolche Zusammenarbeit mit Köchin und Personal eine wesentliche Rolle. Denn diese Abende, so reibungslos sie von außen betrachtet abzulaufen scheinen, verlangen eine intensive Vorarbeit. Das fängt bei der Dekoration der Tische an, und beinhaltet neben der Zusammenstellung von Essen und Wein, auch die Planung des genauen Ablaufs des Abends.

Es ist neunzehn Uhr. Die ersten Gäste trudeln ein. Nina ist schon seit einer Stunde vor Ort. Jetzt sitzt sie zusammen mit der Köchin, Laubenthaler Junior und dessen Verlobte Sabine Dielacher bei einem Glas Wein und bespricht mit allen den Ablauf des Abends. Nina macht es immer wieder Spaß, mit den Laubenthalers zusammenzuarbeiten. Dass durch die Liaison der beiden Kinder nun auch noch das Weingut Dielacher mit seinen mittlerweile wieder erstklassigen Weinen mit im Spiel ist, macht das Ganze noch interessanter.

Lange Zeit befand sich das Weingut Dielacher in einer Art Dornröschenschlaf. Es herrschte Stillstand und es fehlte an den nötigen Innovationen und Investitionen. Und obwohl das Weingut über beachtlichen Grundbesitz und hervorragende Lagen verfügt, waren die Weine eher altbacken. Erst als Tochter Sabine, die zusammen mit dem jungen Michael Laubenthaler in Geisenheim Weinwirtschaft studiert hat, in den Betrieb eintrat, ging es aufwärts. Beide hatten sich während ihres Studiums kennen und lieben gelernt und beide waren fest entschlossen, in die elterlichen Betriebe einzusteigen, und dort in Zukunft auch wirtschaftlich enger zusammenarbeiten. Nach und nach haben sich Otto und Elisabeth Dielacher zurückgezogen, und das Ruder ihrer Tochter überlassen, und betrachten jetzt mit Freude und Stolz, wie es mit dem Betrieb wieder aufwärtsgeht.

Nina freut sich auf jeden dieser Abende und versteht es, diese Freude auch die Gäste spüren zu lassen. Die nötigen Vorbereitungen in der Küche sind getroffen, die Weine stehen bereit. Jeder weiß was er wann und wie zu machen hat. Ganz vorne rechts hat Nina für sich, Schatzhauser, Fridolin und Corinna einen Tisch reserviert. Sie freut sich darauf, mit ihren Freunden den Abend zu verbringen, obwohl sie sicherlich während des Seminars die meiste Zeit nicht mit am Tisch sitzen können wird.

Schatzhauser hat sich in Schale geschmissen. Nina begrüßt ihn herzlich und kann sich nicht verkneifen zu fragen: »Wer hat dir den bei deiner Kleiderauswahl beratend zur Seite gestanden, du bist ja richtig schick.«

»Nun mach mal halblang«, lacht der so Gelobte. »Auch ein passendes Outfit macht aus einem Sechzigjährigen, der Schlankheit entwachsenen Kommissar noch keinen Adonis«, umarmt er Nina herzlich.

»Schatzi, nur schön ist uninteressant und langweilig bist du weiß Gott nicht«, setzt Nina dann noch eins drauf.

»Genug der Komplimente, sonst werd' ich alter Esel noch rot und vielleicht sogar übermütig. Wo bleibt denn unser turtelndes Liebespaar eigentlich?«, wechselt er das Thema.

»Corinna und Fridolin müssten jeden Moment eintreffen«, meint Nina mit Blick auf die Uhr.

Mit dem lädierten Bein geht alles ein wenig langsamer und Corinna umsorgt ihren Fridolin liebevoll und mahnt ihn immer wieder zur Vorsicht. »Setz dich doch schon an den Tisch. Ich bringe dir einen interessanten Wein zum Probieren und Eintrinken.«

Nina begleitet Schatzhauser zu den reservierten Plätzen. Dann redet sie kurz mit Michael Laubenthaler. Dieser verschwindet nach dem Gespräch und kommt nach kurzer Zeit wieder mit einem Glas in der Hand zurück. Nina nimmt das Glas und bringt es zu Schatzhauser.

»Jetzt möchte ich mal sehen, was du in den ganzen Seminaren gelernt hast«, fordert sie ihn zum Probieren auf.

»Ich dachte, ich wäre zum Vergnügen hier, jetzt muss ich auch noch arbeiten«, nimmt dieser gespielt ärgerlich das Glas zur Hand und riecht. Nina schaut gespannt. Schatzhauser schwenkt sein Glas, riecht noch einmal. Dann stiehlt sich ein leichtes Lächeln in sein Gesicht. Noch bevor er probiert, meint er: »Am Anfang war ich etwas unsicher. Ich habe erwartet, die typischen Aromen zu riechen, aber sie waren nicht so aufdringlich und weniger aggressiv, als ich sie sonst bei einem Sauvignon blanc gewohnt bin. Sie sind weicher, zarter, fast schon elegant. Aber nach mehrmaligen riechen, bin ich mir dann doch sicher.«

Spontan steht Nina auf, nimmt Schatzhausers Kopf in ihre Hände und drückt ihm einen Kuss auf die Stirn. »Der Kandidat hat hundert Punkte«, freut sie sich. »Und du hast noch nicht mal getrunken.«

»Ist das ein Wunder, bei der Lehrmeisterin?«, ist Schatzhauser jetzt doch ein klein wenig stolz auf sich.

»Der Wein ist aber auch wirklich gut gelungen«, nimmt nun auch sie einen Schluck. »Weg von der sonst üblichen, eher rauen, harten grünen Paprika-Brennnessel-Aromatik, weg von diesen fast zum Unreifen hin tendierenden Nuancen, hin zu rot, weich und reif. Eine leichte Exotik nach Mango und eine wunderbare Fruchtsüße machen diesen Wein zugänglich und regen zum Fantasieren an. Der Wein macht neugierig und öffnet sich immer weiter von Schluck zu Schluck.«

»Ich bin normalerweise kein Freund dieser Rebsorte, aber wenn der Wein daraus so schmeckt wie dieser hier, könnte ich mich daran gewöhnen.«

»Hallo ihr zwei, schon bei der Arbeit?« Von beiden unbemerkt sind Corinna und Oesterle eingetroffen. Oesterle setzt sich Schatzhauser gegenüber. Corinna nimmt neben ihm Platz. Es dauert keine Viertelstunde, bis alle angemeldeten Gäste eingetroffen sind. Den Freunden bleibt wenig Zeit sich zu unterhalten, denn als ein wenig Ruhe eingekehrt ist, begibt sich Nina zum Podium und begrüßt die Gäste.

19 »Ich freue mich, meine Damen und Herren, dass so viele der Einladung zu meinem Seminar ›Käse und Wein‹ im Weingut und Restaurant Laubenthaler gefolgt sind. Solche Abende wie dieser machen mir besonders Spaß, da sie dazu dienen, Vorurteile auszuräumen und Platz zu machen für neue Erkenntnisse. Das gilt nicht nur für den längst überholten Satz: heller – also Weißwein – zu hellem Fleisch und Rotwein zu dunklem Fleisch. Längst hat sich herumgesprochen, dass nicht das Fleisch der ausschlaggebende Punkt für die Weinauswahl ist, sondern dessen Zubereitung, die entsprechende Soße und die Beilagen. So ist auch der Glaube, dass die Kombination von Rotwein und Käse eine göttliche Fügung ist, ein Klischee, das sich hartnäckig hält. Dabei werden feine Rotweine oft von kräftig-intensiven Käsesorten erschlagen. Viele weiche Käsesorten passen andererseits grandios zu halbtrockenen und edelsüßen Weißweinen. Die Partnersuche kann von Harmonie bis hin zum Gegensatz verlaufen. Es gibt keine festen, absoluten Regeln für diese Liaison, aber ein paar Richtlinien zur Orientierung. Bei Säure, Süße oder Geschmacksintensität, sollten sich Käse und Wein nicht zu ähnlich sein. Hier ist eher der Kontrast – säuerlicher Käse, süßer Wein – zu suchen. Beim Aroma sollten Käse und Wein sich ergänzen: Fruchtige Aromen eines Käses harmonieren mit fruchtigen Weinen. Da die Palette der Käsesorten genauso vielfältig ist wie die der Weine, sollte man dem kollektiven Geschmack in den Regionen vertrauen, denn Weine und Käse aus einer Region passen in der Regel zusammen. Entscheidend ist auch, zu welchem Anlass, Käse und Wein gereicht werden. Der Wein zu einer Käseplatte oder einer Käseauswahl am Ende eines Menüs, sollte sich immer nach dem dort vorhandenen geschmacksintensivsten Käse richten. Reicht man jedoch einen ganz bestimmten Käse, so sollte es schon der optimale Wein dazu sein. Der eigenen Fantasie sind bei der Verbindung keine Grenzen gesetzt. Oft macht ja das Ausprobieren den größten Spaß und führt zu neuen Erkenntnissen.

Heute Abend, meine Damen und Herren, möchte ich Sie einmal in die Welt der Käsesorten und Weine entführen und Sie werden merken, wie vielfältig und abwechslungsreich dies sein kann. Bei den Käsen habe ich mich jetzt ausnahmsweise einmal nicht nur auf die regionalen Produkte beschränkt. Beim Wein allerdings schon. Die Köchin des Hauses hat ein paar käsige Kleinigkeiten gezaubert, die Sie sicherlich begeistern werden. Ich versuche dann mit ein paar Erklärungen die Zusammenhänge zwischen den beiden Partnern Käse und Wein herzustellen. Ich wünsche uns allen einen genussvollen und erkenntnisreichen Abend.«

Fleißige Hände servieren auf blauen Tellern den ersten Gang: Roquefortparfait mit marinierten Weintrauben und Nüssen. Dazu wird ein Rieslingsekt vom Weingut Dielacher gereicht.

»Wer von Ihnen, meine Damen und Herren, hat schon einmal ein Parfait von einem Edelpilzkäse gegessen? Sicher die Wenigsten. Aber dieses hier ist nicht nur überaus erfrischend, sondern zusammen mit dem Sekt eine kleine Geschmacksexplosion. Das Parfait schmilzt auf der Zunge und erst dann offenbart es seinen unnachahmlichen Geschmack. Sahniger, zartbitterer Schmelz, der zusammen mit den Nüssen und den in Tresterbrand marinierten Trauben ein wahres Geschmacksfeuerwerk entfacht. Der Rieslingsekt mit seinem zarten Mousseux und seiner erfrischenden Fruchtsäure regt die Geschmacksnerven an und potenziert die Aromen um ein Vielfaches. Lassen Sie sich von dieser tollen Vorspeise verführen.«

Man hört keinen Ton. Nur am Kopfnicken der Gäste ist

zu erkennen, dass es schmeckt und zusammenpasst. Nina lässt den Gästen genügend Zeit, bevor sie zum zweiten Zusammenspiel von Käse und Wein kommt. »Jetzt wird es nicht mehr so eiskalt, bleibt aber immer noch frisch«, moderiert sie den Übergang zur nächsten Paarung. »Jetzt spielen ganz andere Geschmacksnuancen eine Rolle. Frischkäseterrine mit Honig und Thymian zu einem Riesling Qualitätswein vom Weingut Dielacher. Diese Kombination von Mineralität, Frucht, Würze und Eleganz des Rieslings nimmt die feine Honignote und die Frische dieses Gerichtes wunderbar auf. Der Honig verleiht dem Frischkäse eine leichte Süße und kappt ein wenig die Fruchtsäure des Rieslings und die Kräuternote des Thymians verleiht dem Ganzen das gewisse Extra.

Ich vergleiche dieses Zusammenspiel der verschiedenen Aromen immer ein wenig mit einem Fußballspiel. Was nützen die besten Stürmer, wenn die Verteidigung nicht stimmt. Ebenso muss die Verbindung zwischen Verteidigung und Sturm stimmen. Das Mittelfeld ist der Ideengeber, der eigentlich kreative Teil, die Station, wo die Bälle an die richtige Stelle verteilt werden, um letztlich zum Erfolg zu kommen. So sind in diesem Falle Käse und Wein Angriff und Verteidigung. Das Mittelfeld sind all die kleinen Zugaben, die letztlich zu einem harmonischen Ganzen führen, in diesem Fall Honig und Thymian. Da fehlt noch was, meinen Sie? Richtig, der Torwart. Auch wenn alles sonst in der Mannschaft stimmt, ist der Torwart wichtig. Er verleiht der Mannschaft Sicherheit und Vertrauen. Der Torwart hat für mich in unserem speziellen Falle mit all dem zu tun, was im Vorfeld abläuft. Das Wissen um Zusammenhänge von Speisen und Getränken, das nötige Selbstvertrauen all derer, die für die Zubereitung und Präsentation zuständig sind. Das Vertrauen in das eigene Können. Erst wenn diese Sicherheit vorhanden ist, ist ein befreites, kreatives Spiel möglich. Aber, meine

Damen und Herren, auch jetzt sollten wir noch einen Schritt weiter gehen. Wem nützt es, wenn eine Mannschaft vor leeren Rängen spielt. Keinem! Deshalb sind auch Sie, liebe Gäste, ein Teil dieser Mannschaft. Denn auch dieses Zusammenspiel muss funktionieren. Wenn die gesamte Crew einen begeisterten und erfolgreichen Fußball spielt, sind auch Sie begeistert und spornen ihre Mannschaft zu Höchstleistungen an. Ein Geben und Nehmen. Deshalb machen wir jetzt«, sie nimmt eine kleine rote Pfeife in den Mund und bläst hinein, »erst einmal Halbzeit.«

»Ein toller Vergleich Nina«, lacht Corinna, aber er passt.«

Auch Schatzhauser und Oesterle stimmen dem zu.

»Eine gelungene Abwechslung, dieser Abend und wie immer interessant und lehrreich. Hier kann man einfach mal den unschönen Alltag hinter sich lassen und sich von guten und vor allem ehrlichen Weinen begeistern lassen, mit gefälschten Weinen haben wir es ja im Moment zur Genüge zu tun«, lehnt sich Schatzhauser entspannt zurück.

Nina geht wieder zurück zum Podium und alle sind gespannt, wie die zweite Halbzeit verläuft.

»Die Mannschaft ist ohne Auswechslung wieder angetreten und ich bin sicher, sie bietet weiterhin eine tolle Leistung«, verspricht Nina den Gästen. Schon bringen die fleißigen Helfer die angerichteten Teller herein und ein köstlicher Duft durchströmt den ganzen Raum.

»Meine Damen und Herren, lassen Sie sich verführen von einem Zanderfilet mit Birnen-Blauschimmel-Ragout und Vanille-Risotto. Eine gewagte Kombination, aber in Verbindung mit einer im Barrique ausgebauten Chardonnay Auslese ein wahrer Gaumenschmaus. Süße, Frucht und zarte Bitternoten des Weins nehmen die leichte Schärfe des Blauschimmelkäses, die dezente Süße der Birne und die verführerische Exotik des Vanille-Risottos wunderbar auf. Gleichzeitig begleiten seine nussigen, mandeligen, mineralischen Anklänge den Zander auf das Feinste.«

»Einfach köstlich«, schwärmt Corinna. »Nie wäre ich auf die Idee gekommen, solche Sachen miteinander in Verbindung zu bringen. Aber wenn man es dann probiert, ist es so, als ob diese Kombination eine Selbstverständlichkeit sei.«

»Der Wein von Laubenthalers ist aber auch eine Klasse für sich. Er hat es mir leicht gemacht, ihn als Partner auszusuchen«, meint Nina, die sich kurz zu den Freunden an den Tisch gesetzt hat. »Ich halte ansonsten nicht viel von Weißweinen aus dem Barrique, aber diesem Wein steht der leichte Vanilletouch wunderbar. Er unterstreicht die zarte Fruchtsüße, gibt ihm Fülle und Schmelz, Kraft und Geschmeidigkeit.«

Nach einer Viertelstunde steht Nina dann wieder auf, nimmt das Mikrofon zur Hand und wendet sich an die Gäste. »Liebe Gäste, wenn Sie bereit sind, kommen wir jetzt zum süßen Finale. Gebackener Ziegenkäse mit Rhabarberkompott zusammen mit einer edelsüßen Gewürztraminer Auslese. Süße, Säure und Frische in wunderbarem Einklang. Mit seinem Duft und Geschmack nach Wildrosen und Hyazinthen passt der Wein ausgezeichnet zum Rhabarber, der, in Honig und Ingwer karamellisiert, eine ganz besondere Note bekommt. Ich wünsche Ihnen einen guten Appetit und darf mich gleichzeitig verabschieden. Ich hoffe, es hat Ihnen gefallen und Sie gehen mit ein paar neuen Erkenntnissen vom Zusammenspiel von Wein und Käse nach Hause. Gleichzeitig möchte ich mich bei der Küchencrew für die hervorragende Arbeit und bei den beiden Weingütern für die köstlichen Weine bedanken.«

Die Gäste spenden reichlich Beifall und man sieht es den zufriedenen Gesichtern an und hört es aus den anregenden Gesprächen heraus; es hat wieder einmal allen gefallen. Manche bedanken sich per Handschlag bei Nina und wollen wissen, wann das nächste Seminar stattfindet. Lange sitzen die vier Freunde noch zusammen. Irgendwann setzen sich die Familien Laubenthaler und Dielacher dazu.

Es wird getrunken und gelacht und es werden Pläne für die nächste Veranstaltung geschmiedet. Nina freut sich, dass Elisabeth Dielacher die vor Jahren bei einem Verkehrsunfall fast ums Leben gekommen wäre, wieder völlig genesen ist und vor Lebenslust sprüht. Ihr Mann Otto sieht sie an, lächelt still und legt seine Hand auf die ihren. Beide sind stolz auf ihre Tochter Sabine, die ihnen gegenübersitzt und sich angeregt mit ihrem Verlobten Michael Laubenthaler unterhält. In nur wenigen Jahren hat sie es geschafft, dass die Dielacher-Weine nun wieder einen guten Ruf genießen und ausgezeichnete Kritiken bekommen. Nina begleitet beratend die Arbeit von Sabine Dielacher und ist immer wieder von Neuem begeistert, mit welchem Elan und Sachverstand diese die Dinge anpackt. So hat sie nicht nur die Erträge um ein Drittel reduziert, sondern geht auch beim Weinausbau neue Wege, arbeitet ein wenig mit der risikoreichen Spontangärung und diversen Maischestandzeiten, um den Weißweinen einen besonderen Stil zu verleihen und setzt bei den Rotweinen neben dem Ausbau im Barrique wieder auf alte Holzfässer. Die Eltern lassen ihr in allem freie Hand und auch in ihrem Verlobten findet sie volle Unterstützung. Wenn man sie sieht und reden hört, ist die Leidenschaft für ihren Beruf unverkennbar. Nach langer Durststrecke ist das Weingut Dielacher wieder auf einem guten Weg.

20

»Na, hast du den gestrigen Abend gut verkraftet, es ist ja doch etwas später geworden als geplant?«, wendet sich Oesterle Schatzhauser zu, der bereits seit einer Stunde im Präsidium ist. »Weshalb bist du denn schon so früh im Büro?«

»Senile Bettflucht«, gibt dieser trocken zur Antwort.

»Schau doch mal nach ob der Schuster, den Leisten betreffend schon gemailt hat«, gibt er Anweisung.

Oesterle schaltete seinen PC ein und freut sich, dass die Schusterwerkstatt Magritte sich tatsächlich gemeldet hat. Sie erfahren, dass der Schuster den Leisten gefunden hat und sich auch noch gut an denjenigen erinnern kann, der die Schuhe bei ihm bestellt hat. Weiter war zu lesen, dass er sich gewundert hat, dass ein Mann wie dieser sich so teure Schuhe leisten könne. Sein Äußeres habe überhaupt nicht dazu gepasst. Als er jedoch seine Füße gesehen habe, sei ihm klar geworden weshalb. Größe achtundvierzig und breit. Da sei es schwierig, in einem normalen Schuhladen etwas zu finden. Er habe bislang für ihn auch nur zwei Paar Schuhe angefertigt. Der Mann habe immer bar und sofort bezahlt. Leider hätte er keinen Namen und keine Adresse von ihm. Er sei gekommen, wäre sich über Form und Farbe der Schuhe im Klaren gewesen und habe gefragt, wie lange es dauern würde, sie anzufertigen. An besagtem Termin habe er die Schuhe dann abgeholt und bezahlt. Das letzte Mal habe er ihn vor zwei Jahren gesehen. Oesterle beantwortet die Mail direkt und schickt gleichzeitig ein Bild von dem Toten im Maisfeld verbunden mit der Frage, ob es sich bei dem Toten um die ihm bekannte Person handelt. In nur kurzer Zeit hat er die Bestätigung, dass dieser und der Mann mit den großen Füßen identisch sind.

»Na toll«, lässt Schatzhauser seinem Ärger freien Lauf. »Alles was wir in dieser Sache unternommen haben, war für die Katz. Mister Unbekannt, kein Name, keine Adresse. Es ist zum Verzweifeln. Es scheint fast so, als könnten wir die ganze Sache zu den Akten legen.«

Auch Oesterle lässt den Kopf hängen. »Wir haben überhaupt keinen konkreten Anhaltspunkt. Alles löst sich irgendwie in Luft auf.«

»Irgendetwas machen wir falsch. Bisher haben wir immer nur reagiert auf das, was wir vorgefunden haben«, redet

Schatzhauser mehr zu sich selbst als zu Oesterle. »Wir müssen den Spieß umdrehen. Wir müssen agieren, den Gegner aus der Reserve locken, Köder auslegen.«

Er fordert Oesterle auf, den USB-Stick noch einmal in den Rechner zu stecken. Dieser tut ihm den Gefallen.

»Fridolin«, redet er jetzt Oesterle direkt an. »Schau dir diese Zahlenreihen an. Schau dir die Anzahl der vorhandenen Flaschen an, die hinter den einzelnen Namen der Weine stehen. Da werden nicht nur Restaurants, Kneipen oder Privatpersonen beliefert. Wenn wir das alles hier einmal zusammenrechnen, kommen wir auf eine halbe Million Flaschen. Die lassen sich nicht in Mengen von drei oder sechs Flaschen verhökern. Das hat ganz andere Dimensionen. Das geht in die Größenordnungen, mit denen der Discountbereich arbeitet. Dort müssen wir ansetzen und nachhaken.«

Die Miene Oesterles hellt sich zusehends auf. Die Schlussfolgerung klingt logisch und eröffnet ganz neue Perspektiven. »Wenn das nur ansatzweise stimmt, was du sagst, Leopold, dann würde dies zu der Überlegung führen, dass namhafte Weine durch Billigprodukte kopiert wurden und unter dem realen Preis in großem Stil bei den Discountern verkauft werden. Die Differenz sackt dann irgendwer ein. Wenn wir den Gedanken weiter spinnen, kommen wir unweigerlich zu dem Schluss, dass nicht nur Weine in großer Menge gefälscht werden, sondern auch die Gesamtausstattung mit dem Original identisch sein muss. Das heißt, Etiketten müssen gedruckt und Kartons mit dem entsprechenden Logo versehen werden. Genauso verhält es sich mit den Lieferpapieren.«

»Das klingt nach organisiertem Verbrechen, Frodo. Ist das nicht ne Nummer zu groß für uns?«

Oesterle macht einen Vorschlag: »Was hältst du davon, wenn wir einfach mal in dieser Richtung weiter ermitteln. Sollte es darauf hinauslaufen, dass wir Hilfe brauchen, werden wir uns mit den zuständigen Stellen in Verbindung setzen.«

Schatzhauser ist einverstanden. Beide stellen sich die Frage, womit sie anfangen sollen und kommen zu dem Schluss, sich mit der Weinkontrolle in Verbindung zu setzen und denen die Sachlage zu schildern. Diese verfüge über das notwendige Wissen und Equipment. Gesagt getan.

In einem längeren Telefonat informieren die Kommissare die Vertreter der Weinkontrolle über ihre Ermittlungen. Man diskutiert, wägt ab und entscheidet sich letztlich für folgende Vorgehensweise: Um nicht unnötig Pferde scheu zu machen, will man Mitarbeiter in die zuständigen Filialen der diversen Discounter schicken. Diese sollen dort im Abgleich mit den Daten auf dem USB-Stick die als verdächtig erscheinenden Weine einkaufen. Man selbst wolle sich mit den Produzenten der Originale in Verbindung setzen und sich von diesen Proben schicken lassen. Diese wolle man dann mit den gekauften Weinen vergleichen.

»Aufwendig, aber ich sehe keine andere Möglichkeit«, meint der Leiter des weinchemischen Untersuchungsamtes.

»Wie lange wird das dauern?«, fragt Schatzhauser.

»Wenn wir uns auf den Bereich Offenburg beschränken, gut eine Woche. Es kommt darauf an, wie schnell wir die Probeflaschen der Produzenten bekommen.«

»Geben Sie mir Bescheid, was die Untersuchungen ergeben, dann besprechen wir alles Weitere«, bedankte sich Schatzhauser beim Leiter des Amtes und beendete das Telefonat.

21 Vorsichtig steuert der Fahrer den Tanklastzug rückwärts in die Hofeinfahrt des am Ende des Dorfes gelegenen Gebäudes. Gekonnt bugsiert er sein Fahrzeug bis in den Innenhof. Hinter ihm wird das eiserne Tor geschlossen. Der Fahrer steigt aus, in der Hand diverse Lieferpapiere. Er überquert den Hof und begibt sich geradewegs in das sich an den Hof anschließende Gebäude. Er geht durch den Flur und klopft an die Tür des letzten Zimmers mit der Aufschrift ›Büro‹. Nach einem lauten »herein«, tritt er ein.

»Alles normal verlaufen?« Ein drahtiger Mittvierziger sitzt hinter einem Schreibtisch und schaut den Fahrer an.

»Ohne Probleme«, antwortet dieser.

»In Ordnung, geh was essen und leg dich dann ein paar Stunden aufs Ohr. In der Zwischenzeit pumpen wir die Tanks leer. Ich habe eben noch telefoniert, übermorgen erwarten wir schon die nächste Ladung.«

Der Fahrer wendet sich ab, verabschiedet sich und verlässt den Raum. Während dieses kurzen Gesprächs wird im Hof gearbeitet. Schläuche werden an Tank und Pumpen angeschlossen und schon fließen zehntausend Liter Rotwein in die unter dem Gebäude liegenden Keller. Von außen betrachtet erscheint dieses Gebäude wie ein normales landwirtschaftliches Anwesen. Vorne das Wohnhaus, dann der geräumige Hof und dahinter die Wirtschaftsräume. Kein Mensch würde vermuten, dass sich unter der Erde ein Keller mit einem Fassungsvermögen von fünfzigtausend Litern und eine moderne Abfüllanlage verbergen. Es hat Jahre gedauert, bis alles so eingerichtet war, dass man in kürzester Zeit Weine einlagern, abfüllen, etikettieren und verpacken konnte und eine Mannschaft zusammenhatte, die sich auf dieses Handwerk verstand. Alles lief wie am Schnürchen und bis jetzt ohne Probleme. Wenn übermorgen die nächste Lieferung kommt, ist diese hier bereits abgefüllt und verpackt und dreizehntausend Flaschen italienischen Rotweins werden auf dem Weg in den Handel sein. Der Mann hinter dem Schreibtisch reibt sich die Hände und gibt telefonisch Anweisungen. Er schaut mehrmals auf die Uhr. »Wo bleibt er denn«, murmelt er leise vor sich hin und trommelt doch jetzt etwas genervt mit den Fingern auf den Tisch. Er beruhigt sich erst, als er einen Mann schnellen Schrittes den Hof überqueren sieht. »Immer auf den letzten Drücker«, begrüßt er diesen unwirsch.

»Das liegt nicht an mir, sondern an der Druckerei«, verteidigt sich der Angesprochene.

»Bring die Sachen nach unten, damit man die Maschine bestücken kann und dann komm zu mir ins Büro, wir haben noch einiges zu bereden.«

Eilig verlässt der Mann mit dem Paket voller Etiketten den Raum.

22

»Diese Warterei, dieses Nichtsunternehmen können, macht mich wahnsinnig!« Schatzhauser geht in seinem Büro hin und her, setzt sich und steht wieder auf.

»Es geht doch voran, Leopold«, versucht ihn Oesterle, der ihm gegenübersitzt, zu beruhigen. »Ich habe eben mit dem Leiter der Weinkontrolle geredet. Erste Ergebnisse liegen bereits vor. Morgen, meint er, kommen die letzten Proben und am Abend schickt er uns die Auswertungen. Wie es bisher aussieht, haben wir es mit Fälschungen in großem Stil zu tun und dies nicht erst seit kurzer Zeit. Die Weinkontrolle hat die Untersuchungen nur bei den Discountern durchgeführt, da dort in großem Stil eingekauft und vertrieben wird. Dort wird auch von oben entschieden, was in die Märkte kommt. Beim LEH ist das anders, dort entscheidet der Pächter des Marktes, was er in seine Produktpalette aufnimmt. Für die Weinfälscher ist es unrentabel, jeden einzelnen Markt zu besuchen. Außerdem ist das Risiko zu groß, weil es zu viele Mitwisser gibt. Restaurants und Weinfachgeschäfte kommen erst gar nicht infrage. Dabei gehe ich einmal einfach davon aus, dass die von Nina im Restaurant entdeckte Flasche gefälschten Weines eine Ausnahme war. Zu wenig Umsatz und zu hohes Preisniveau. Das ist gut für uns, da dies den Täterkreis deutlich einschränkt.«

»Aber was können wir zur Aufklärung beitragen?«, will Schatzhauser, immer noch unzufrieden, von seinem jungen Kollegen wissen. »Solange wir keine greifbaren Beweise haben, sind wir zur Untätigkeit verurteilt.«

»Richtig«, pflichtet dieser ihm bei, »deshalb hilft es auch nichts, sich aufzuregen. Wir müssen herausfinden, wer den Mann im Maisfeld umgebracht und den Anschlag auf uns verübt hat, das ist für uns von der Mordkommission die eigentliche Aufgabe. Die Bereiche, in denen wir uns nicht auskennen, müssen wir zwangsläufig anderen, in dieser speziellen Sache, kompetenteren Kollegen überlassen.«

»Du hast ja recht, Frodo, aber du weißt auch, dass es mir schwerfällt, andere arbeiten zu sehen und selbst nur dazusitzen.«

»Das geht mir ja ähnlich«, gesteht Oesterle und bemerkt gleichzeitig, »aber ich bin mir sicher, wir werden noch genug zu tun bekommen.«

Leider sollte er recht behalten.

23 »Die Sache wird mir langsam zu heiß, was meint ihr dazu?« Der Fragende blickt in die Runde und wartet auf Antwort.

Es ist still in dem Nebenraum eines kleinen, italienischen Restaurants in Offenburg. Sechs gut gekleidete Herren sitzen an einem Tisch. Die Gläser, die vor ihnen stehen, sind mit Rotwein gefüllt und Besteck und Teller zeugen davon, dass vorher gut gegessen wurde. Einmal im Monat versammelt sich die Gruppe jeweils an einem anderen Ort, um die Lage zu sondieren. So auch dieses Mal. Bisher gab es immer nur Erfolgsmeldungen. Jetzt gibt es Schwierigkeiten.

»Wie konnte das passieren, wer ist für dieses dilettantische Vorgehen, für diese Schlamperei verantwortlich?«, kommt die zweite Frage direkt hinterher.

Einige senken verschämt den Kopf. Doch der Fragende, bei dem es sich anscheinend um den Wortführer der Gruppe handelt, lässt nicht locker. »Ich habe von Anfang an gesagt, wir konzentrieren uns nur auf ausländische Weine. Nein, es musste dann unbedingt ein Wein aus Deutschland sein und dann auch noch einer hier aus der Gegend.«

»Zufall«, warf einer der Anwesenden zaghaft ein. Damit stachelte er den Wortführer nur noch mehr an.

»Risikovermeidung steht bei unserem Geschäft an erster Stelle«, das scheint ihr bis jetzt noch nicht begriffen zu haben.«

Immer tiefer sinken die Köpfe der Anderen. »Keine Top-Restaurants, keine deutschen Weine, habe ich immer wieder gepredigt. Die Gefahr erwischt zu werden ist zu groß. Und wie es sich gezeigt hat, hatte ich leider recht.«

»Wer konnte denn auch ahnen, dass eine Sommelière wie die Zinsendorf …«

Heftig wurde derjenige, der sich zu verteidigen suchte, in seiner Rede unterbrochen. »Damit hättet ihr rechnen müssen! Wer um alles in der Welt lässt Weine aus einem Supermarkt untersuchen oder Weine von großen Weinhändlern oder Kellereien? Keiner! Je kleiner desto größer das Risiko. Jetzt haben wir den Salat. Der Tote ruft die Mordkommission auf den Plan. Und dann noch die Sache mit der Explosion. Manchmal hab ich den Eindruck, ich hab es hier mit einem Kindergarten zu tun. Der Gipfel der Schlamperei ist allerdings der verlorene USB-Stick. Es wird für die Polizei ein Leichtes sein, die Daten zu entschlüsseln und dann eins und eins zusammenzuzählen.« Er steigerte sich regelrecht in eine nicht enden wollende Anklagetirade hinein.

Bis einer dann hart mit der Faust auf den Tisch schlug und mit den Worten: »Jetzt reicht's«, den Redeschwall des Anderen stoppte. »Es sind Fehler passiert, das wissen wir, und das wird auch nicht wieder vorkommen, aber jetzt geht es darum zu planen, wie es weiter geht. Nur zurückzuschauen hilft jetzt nicht viel.«

Nur langsam beruhigt sich der Wortführer der Runde.

»Ich habe Anweisungen von ganz oben, den Bereich ruhen zu lassen, bis Gras über die Sache gewachsen ist. Es werden keine neuen Weine mehr angeliefert und vertrieben. Gleichzeitig sollen die Depots leer geräumt und Hinweise auf Verbindung zu anderen Bereichen vernichtet werden. Wenn die Polizei fündig werden sollte, was wir nicht hoffen wollen, dürfen diese Spuren sich nur auf den Bereich Wein beschränken.«

Alle Anwesenden wissen, dass sie nur Teil eines groß angelegten Netzes sind. Schon im Vorfeld war jedem klar, dass es verschiedene Bereiche gab. Aber wie viele und welche, wussten nur einige Auserwählte. Je weniger ihr wisst, desto weniger könnt ihr verraten, hieß es immer wieder.

Erneut ergriff der Bereichsleiter das Wort. »Ich treffe

mich morgen mit unseren Großabnehmern. Diese sollen die betreffenden Weine aus ihrem Sortiment nehmen. Hoffentlich ist es nicht schon zu spät. Außerdem nehmen wir keine neuen Aufträge mehr an. Wir werden unseren Abnehmern ein paar stichhaltige Gründe dafür liefern. Wir alle haben bisher von unseren Geschäften gut gelebt. Ich möchte nicht, dass durch diese Fehler alles auffliegt. In diesem Sinne ist die heutige Sitzung beendet. Wenn ich neue Anweisungen von oben bekomme, lasse ich es euch wissen. Jeder bekommt jetzt ein Schreiben, auf dem steht, wie er sich in nächster Zeit zu verhalten hat und wie die Auflösung der einzelnen Depots vonstattengehen soll.«

Sonst endeten diese Zusammenkünfte am Schluss in einem feucht-fröhlichen Gelage. Jetzt, in Anbetracht der für sie prekären Situation, ging man fast wortlos auseinander. Jeder wusste, es kann eng für ihn werden.

24

Es klingelt. Stefan Deuster hält sein Handy ans Ohr und stellt sich vor.

»Wir müssen reden«, ertönt eine Stimme am anderen Ende der Leitung.

Stefan Deuster wird blass. »Ist etwas passiert?«, will er wissen.

»Nicht am Telefon«, erwidert der Anrufer. »Wir treffen uns am Samstag um siebzehn Uhr vor dem Rathaus in Ettenheim. Bitte bringen Sie sämtliche Unterlagen mit, die die Förderungen betreffen. Wir müssen dringend etwas klären.«

Bevor er etwas erwidern kann, ist das Gespräch beendet. Stefan Deuster muss sich setzen. »Ich hab es geahnt, befürchtet, das konnte nicht immer gut gehen.« Er zittert ein wenig, geht zum Glasschrank, nimmt einen Cognacschwenker heraus, schenkt sich ein und trinkt das Glas mit einem Schluck fast leer. Langsam beruhigt er sich. Er lehnt sich zurück und versucht sich zu konzentrieren und nachzudenken.

Stefan Deuster arbeitet beim Regierungspräsidium Freiburg als Abteilungsleiter in der Abteilung Landwirtschaft. Er ist zuständig für die Vergabe von Fördergeldern für Landwirtschaft, Wein- und Obstbau. Er ist mit seinen dreiundvierzig Jahren noch Single und genießt diesen Zustand, der, wie er selbst des Öfteren bemerkt, ihm die nötige Freiheit lässt. Seine Arbeit macht ihm Spaß und bis vor drei Jahren schien auch alles darauf hinauszulaufen, dass dies bis zu seiner Rente so weiter gehen werde. Doch dann passierte etwas, was so nicht vorhersehbar war. Ein guter Freund hatte ihm ein Objekt schmackhaft gemacht, in das es sich, wie er meinte, zu investieren lohne. Es handelte sich dabei um den Bau luxuriöser Appartements an der kroatischen Küste. Dort hätte eine namhafte Investmentfirma billig Land erworben. Der Freund legte ihm Baupläne vor, auf denen das gesamte Ausmaß der Anlage zu erkennen war. Vierzig Appartements entlang der Küste mit freiem Blick zum Meer. Die Hälfte davon sei schon verkauft, berichtete er und zeigte ihm dabei entsprechende Papiere. Mit einhundertfünfzigtausend Euro könne er einsteigen und sich als Teilhaber eintragen lassen und nach Fertigstellung der Anlage auf lange Sicht hin nur profitieren. Er erbat sich etwas Bedenkzeit. Er verdiente nicht schlecht und hatte sich auch schon etwas zur Seite gelegt. Das entsprach zwar nicht der ganzen Summe, aber mit dem, was ihm seine Großmutter vererbt hatte, waren es etwas über hunderttausend Euro, die er in mehreren Depots angelegt hatte. Er vertraute seinem Freund, der sich seit Jahren mit lukrativen Immobilien im In- und Ausland beschäftigte. Nach ein paar Tagen stand sein Entschluss fest. Er stieg ein. Das Geschäftliche war schnell abgewickelt. Der Freund versprach, ihn ständig über den Verlauf der

Bautätigkeiten auf dem Laufenden zu halten. Das Geld wurde an einen Bauträger überwiesen. Danach hatte er nie mehr etwas davon gehört. Er war zu blauäugig gewesen, hatte einfach der langjährigen Freundschaft vertraut. Viel zu spät zog er Informationen über das Bauvorhaben ein. Dieses entpuppte sich als reiner Schwindel. Die Bauträgergesellschaft erwies sich als Briefkastenfirma und es ließ sich nicht mehr nachvollziehen, wohin das Geld geflossen war. Er setzte sich mit der Polizei in Verbindung und zeigte die Firma an. Aber alle Nachforschungen blieben erfolglos. Das Geld war weg, seine gesamten Ersparnisse und auch das Geld, das er sich, um auf die einhundertfünfzigtausend Euro zu kommen, als Kredit bei der Bank geliehen hatte und natürlich mit Zinsen zurückzahlen musste. Er war am Boden zerstört. Alle seine Pläne waren mit einem Schlag ad absurdum geführt. Wie oft hatte er sich selbst Vorwürfe wegen seiner Naivität gemacht, seinen vermeintlichen Freund verflucht und mit dem Schicksal gehadert. Dann eines Vormittags stand ein Mann vor ihm mit einem braunen Aktenkoffer in der Hand und bat um ein Gespräch. Er erinnerte sich noch ganz genau an diesen groß gewachsenen, gepflegten und gut gekleideten Mittfünfziger. Er bat ihn Platz zu nehmen und fragte ihn, um was es gehe und wie er ihm helfen könne. Bei dem Gespräch stellte sich heraus, dass er, Viktor Scheffler, eine Kellerei in Lahr vertritt, die sowohl selbst Weine abfülle und verkaufe, als auch mit fremden Weinen handle. Man beabsichtige, sich deutlich zu vergrößern. Dies beinhalte sowohl den Kauf von Maschinen, den Erwerb von Patenten und das Entwickeln einer neuen Computersoftware als auch den Bau von diversen Gebäuden. In dieser Angelegenheit wolle er Fördermittel beantragen, die ihm laut Richtlinien des Ministeriums für ländlichen Raum, Ernährung und Verbraucherschutz für ›Investitionen in Qualität und Innovation in Kellerwirtschaft und Vermarktung‹ laut Fassung vom 18.8.2010 zustünden. Er habe sich vor einiger Zeit die dazu nötigen Antragsformulare abgeholt. Während seiner kurzen Rede öffnete er seine braune Aktentasche, nahm einen Ordner mit Papieren heraus und legte diese auf seinen Schreibtisch. Nach kurzer Durchsicht der Schriftstücke stellte er fest, dass diese akkurat und vollständig ausgefüllt waren. Daneben beinhalteten sie einen vollständigen Finanzierungsplan und eine schlüssige Darstellung darüber, welche Maßnahmen ergriffen werden, um die Gesamtleistung des Betriebes zu verbessern. So beabsichtige man unter anderem durch innovative Maßnahmen die Qualität der vorhandenen Produkte zu verbessern, neue Produkte zu entwickeln und neue Märkte zu erschließen. Da besagte Fördermaßnahmen auf drei Jahre befristet sind, bat Scheffler ihn um möglichst zügige Bearbeitung, damit alle Maßnahmen sofort begonnen und frühzeitig abgeschlossen werden können. Laut Finanzierungsplan lag das Volumen der zuwendungsfähigen Kosten bei zwei Millionen achthunderttausend Euro und somit knapp unter der Summe, bei der die Einwilligung des Ministeriums benötigt wird. Für die Maßnahmen kann laut Richtlinien eine Förderung von bis zu dreißig Prozent beantragt werden. Dies wären bei besagtem Projekt stolze achthundertvierzigtausend Euro. Aber alles war schlüssig und nachvollziehbar begründet und somit bestand für ihn nach erster Durchsicht kein Hinderungsgrund, die Maßnahme nicht als förderungswürdig zu bewilligen. Er wolle sie allerdings noch einmal genau studieren und ihm dann nach einer Woche Bescheid geben, teilte er Scheffler mit. Dieser war einverstanden, bedankte sich und verabschiedete sich mit einem festen Händedruck und den Worten: »Auf weiterhin gute Zusammenarbeit.« Bis zu diesem Zeitpunkt ahnte er noch nicht, dass damit eine unheilvolle Beziehung ihren Anfang genommen hatte. Er tat vorerst allerdings das, was er in gleicher Angelegenheit immer tat; er las sich alles noch einmal eingehend durch. Er fand seinen ersten

Eindruck bestätigt und schickte wie versprochen nach einer Woche die Bewilligung an die Adresse von Viktor Scheffler. Es vergingen zwei bis drei Tage, dann kam ein Anruf und Scheffler bedankte sich noch einmal telefonisch bei ihm für die prompte Bearbeitung und lud ihn als Dank dafür zu einem Essen in ein gutes Restaurant ein. Natürlich hatte das den leichten Ruch von Vorteilsnahme, obwohl er die Bewilligung ja vor der Einladung erteilt hatte, das wusste er. Aber der Mann war ihm sympathisch, schien ihm seriös und so dachte er, warum nicht einmal eine Ausnahme machen und in vielleicht interessanter Gesellschaft einen schönen Abend bei Essen und gutem Wein verbringen. Ein verhängnisvoller Fehler, wie sich später herausstellen sollte.

Wie abgemacht, traf man sich in einem guten Restaurant in Ringsheim, das bekannt war für ausgezeichnete Küche und seine regionale Weinkarte. Der Abend verlief harmonisch, jeder erzählte etwas von seiner Arbeit und ansonsten redete man über Gott und die Welt, bis man sich gegen Mitternacht voneinander verabschiedete. Für ihn schien damit das Kapitel Scheffler vorerst abgeschlossen und er wartete auf die nötigen Unterlagen wie Rechnungen und Belege zur weiteren Bearbeitung. Darüber sollten jedoch noch ein paar Monate vergehen.

Viele andere Sachen waren in der folgenden Zeit zu erledigen, sodass er die Akte Scheffler fast vergessen hatte. Bis zu jenem Tag, als ein zu seinen Händen adressierter Brief auf seinem Schreibtisch landete. Kein Absender war zu erkennen und auch sonst konnte man keine Rückschlüsse ziehen, was den Brief anging. Er öffnete ihn. Er enthielt neben einem Schreiben drei Fotos. Als er sich diese anschaute, wurde er kreidebleich. Deutlich zu erkennen waren er und Scheffler bei ihrem Besuch im Restaurant.

Auch jetzt noch löst die Erinnerung an das Öffnen des Briefes eine heftige Reaktion bei ihm aus und er schenkt sich noch einmal mit zitternder Hand ein Glas Cognac ein.

Waren die Fotos schon schlimm genug, so setzte das beiliegende Schreiben noch eins drauf. Dort stand zu lesen: ›Kopien dieser Fotos, sowie eine eidesstattliche Erklärung eines Zeugen haben wir hinterlegt. Diese werden ihrem Vorgesetzten vorgelegt, wenn Sie sich nicht entschließen mit uns zu kooperieren. Sie wissen, dass Sie sich, als Sie die Einladung zum Essen angenommen, dem Verdacht der Bestechlichkeit ausgesetzt haben. Bilder und Aussage werden dies mehr als bestätigen.‹

Immer noch aufgeregt, schaute er sich die Bilder noch einmal genauer an. Leise Hoffnung machte sich breit, als ihm die Idee kam, dass das Essen ja nach der Bewilligung stattgefunden hatte. Doch dann schaute er auf den unteren rechten Rand der Bilder und erschrak erneut. Das Datum dort war manipuliert und zeigte ein Datum an, das drei Tage vor seiner Zusage zur Bewilligung der vorgelegten Anträge lag. Er las weiter in dem Schreiben und die Überraschung wurde immer größer, als er erfuhr, dass man sich seine Mitarbeit und Kooperation natürlich etwas kosten lassen würde. Von zehn Prozent der Förderbeiträge war die Rede. In seinem Kopf rumorte es. Schnell hatte er die Zahlen präsent. Auch wenn vielleicht nicht der Höchstbetrag an Fördermitteln ausbezahlt würde, so bliebe für ihn am Ende doch eine stattliche Summe von über fünfzigtausend Euro übrig.

Während er nachdachte, ging ihm gleichzeitig die Erinnerung über die finanziellen Verluste, die er durch diese Immobilienspekulation erlitten hatte, durch den Kopf. Er weiß noch heute wie hin- und hergerissen er war. Auf der einen Seite konnte er die Verluste zu einem Drittel wieder ausgleichen, auf der anderen Seite konnte er aber auch seinen Arbeitsplatz verlieren, wenn herauskam, dass er bestechlich war. Der Schluss des Briefes lautete: ›Wir erwarten Ihre Antwort innerhalb einer Woche. Sollten wir bis dahin nichts von Ihnen hören, nehmen die Dinge wie beschrieben ihren Verlauf.‹

Er konnte keine Nacht mehr ruhig schlafen, war unkonzentriert bei der Arbeit, weil ihm ständig diese Geschichte durch den Kopf ging. Er wusste, wenn er sich darauf einließ, konnte dies zum Dauerläufer werden und er käme nie mehr aus der Sache heraus. Gleichzeitig hatte er aber die immense Summe im Kopf, die er daran verdienen konnte. Er konnte nicht nur die finanziellen Verluste ausgleichen, sondern sich vielleicht noch ein schönes Sümmchen dazuverdienen. Immer stärker überwog bei ihm das Positive und die Risiken traten in den Hintergrund. Schließlich war er bereit, sich auf die Sache einzulassen. Er wusste, wenn in der Region Anträge auf Förderung gestellt werden, lief dies über seinen Schreibtisch, und zwar nicht nur die Bewilligung, sondern auch die Nachprüfung. Was sollte also schiefgehen?

Seit seiner Entscheidung waren drei Jahre vergangen. In der Zeit hatte er zehn Anträge diesbezüglich bearbeitet und damit etwa über achtzigtausend Euro verdient. Die zu bearbeitenden Anträge hatten jedes Mal einen anderen Adressaten und einen anderen Förderungsgrund, damit man keinen Verdacht schöpfen konnte. Einen Antrag stellte eine Kellerei namens Vinophil, ein anderes Mal wurde ein Antrag gestellt auf ›Absatzförderung in Drittlandsmärkten‹ dann wieder einer von zwei verschiedenen Firmen namens ›Vinotec‹ und ›Badenwein e.V.‹ auf Förderung für ›Investitionen im Zusammenhang mit Fusionen, Kooperationen und umfangreichen Betriebserweiterungen‹ usw. Alles lief wie am Schnürchen. Er war immer wieder aufs Neue erstaunt, wie akkurat und schnell dies alle über die Bühne ging. Diejenigen, die dahintersteckten, schienen ein großes Netz aufgebaut zu haben, für das nicht nur Weinfachleute und Betriebswirtschafter arbeiteten, sondern auch Handwerksbetriebe und sonstige Mitarbeiter. Für ihn gab es eigentlich nicht viel zu tun. Er bekam die ausgefüllten Förderungsanträge, bewilligte diese und bekam am Ende die fingierten Rechnungen und Unterlagen, die belegten, dass alles ordnungsgemäß ausgeführt worden war. Somit hatte nach außen anscheinend alles seine Richtigkeit. Was also war jetzt schief gelaufen? Wieso dieser Anruf und das Treffen?

25

»Die Flammkuchen sind hier selbst gemacht«, verrät Nina.

Auf einem Holzbrett steht der noch dampfende Flammkuchen vor ihnen. Zweigeteilt; auf der einen ist er mit Rahm, Speck und Zwiebeln belegt und auf der anderen mit Grieben.

»Die Grieben sind nicht jedermanns Geschmack, aber für den, der sie mag, sind diese hier eine Köstlichkeit. Ich liebe dieses doch eher Animalische genauso, wie ich ein Freund von Innereien bin. Auch dieses Geschlumbse wie Sauwedele, Schnürle, Sulz oder Gehänge, bei denen die Meisten die Nase rümpfen, mag ich genau so gerne, wie gut gemachte saure Leberle oder Nierle.«

Sie nimmt sich ein Stück und beißt herzhaft hinein. Wer sie nicht kennt, sie so sitzen sieht und reden hört, würde unweigerlich mit dem Kopf schütteln. Man würde sie mit ihrem Aussehen und Auftreten eher in den Sternerestaurants vermuten und nicht hier. Aber genau das macht sie aus. Nicht abgehoben, immer geerdet trotz ihres Erfolges. Mit den Leuten reden, mitten unter ihnen sein, nicht von oben herab wie viele ihrer Kollegen. Das macht sie auch für Schatzhauser so sympathisch und er freut sich jedes Mal, wenn er mit ihr nicht nur bei ihren Events, sondern auch einfach so einen Abend bei gutem Wein und Essen verbringen kann. Dazu gehören auch gelegentliche Besuche in einer Strauße in Mahlberg, die bekannt ist für ihre guten, selbst gemachten Flammkuchen. Solche Abende braucht er, um abzuschalten, seine Arbeit einfach mal zu vergessen oder auch, um Gespräche zu führen, die sich nicht nur mit Mord und Totschlag befassen. Ganz zu schweigen davon, dass er von solchen Abenden immer klüger zurückkehrt, als er hineingegangen ist, da Nina ihm jedes Mal deutlich macht, dass Wein und Essen ein schier unerschöpfliches Thema sind und er immer wieder dazulernt.

Obwohl Nina weiß, dass Schatzhauser bei solchen Gelegenheiten nicht gerne über seine Arbeit spricht, ist sie neugierig, wie weit er und Oesterle mit ihren Ermittlungen sind. Dies nicht zuletzt deswegen, weil sie selbst, zumindest in der Anfangsphase, wenn auch nur in einem geringen Teil, in diesen Fall involviert ist.

»Ich weiß, dass du beim Essen nicht gern über deine Arbeit sprichst, Leopold, trotzdem würde es mich interessieren, ob es neue Ergebnisse im Fall Toter im Maisfeld gibt«, fragt sie vorsichtig an.

»Wir wissen nicht, wer der Tote ist, wir wissen nicht, wer das Haus in die Luft gesprengt hat, wir wissen nicht, wer die Weine fälscht, Nina, wir wissen gar nichts«, reagiert Schatzhauser sichtlich gereizt. »Selten war ein Fall so kompliziert. Wir haben eine Menge Spuren, aber irgendwie laufen die alle ins Leere.« Er erzählt Nina von der Zusammenarbeit mit der Weinkontrolle.

Sie hält das für eine gute Idee. »Ihr müsst Geduld haben, Leopold«, meint sie. »Die Leute, die das alles zu verantworten haben, scheinen eine Menge Zeit investiert zu haben, um all das aufzubauen. Mir scheint, da hängen viele mit drin. Ihr könnt das, wofür diese Kriminellen Jahre gebraucht haben, nicht in vierzehn Tagen aufklären.«

»Du hast ja Recht, Nina, auch Fridolin meint, ich sei zu ungeduldig. Aber es geht einfach nicht schnell genug voran. Lass uns von angenehmeren Sachen reden. Wenn sich etwas Neues in dieser Sache ergibt, erfährst du es als

Erste. Vielleicht muss ich auch noch mit Corinna über diese Angelegenheit reden. Mir schwirrt da etwas im Kopf herum, was allerdings noch nicht spruchreif ist.«

Damit war für ihn das Thema erledigt und man widmete sich wieder dem angenehmeren Thema Essen und Trinken.

26

Fridolin Oesterle sitzt bereits an seinem Schreibtisch und telefoniert, als Schatzhauser etwas verspätet im Präsidium eintrifft.

»Schön zu hören«, vernimmt er die Stimme Oesterles, »wir treffen uns dann gleich gegen Mittag hier im Präsidium.« Dann legt er auf, dreht sich zu Schatzhauser um, grinst und bemerkt: »Der Wein muss geschmeckt haben, gestern Abend.«

»Nicht nur der Wein«, erwiderte Schatzhauser, während er seinen Mantel an die Garderobe hängt. »Mit wem hast du denn telefoniert?«, schiebt er gleich eine Frage hinterher.

»Mit dem Chef der Weinkontrolle. Er hat erste Ergebnisse und kommt gleich vorbei, um sie uns mitzuteilen und weitere Schritte zu besprechen.«

»Gut, es geht also doch etwas voran«, quittiert Schatzhauser die Aussage. Er setzt sich Oesterle gegenüber, lehnt sich zurück und dreht seinen Kopf seitlich etwas nach oben.

»Was geht in deinem Kopf vor, Leopold?« Oesterle kennt seinen Chef und weiß, wenn er diese Stellung einnimmt, brütet er irgendetwas aus. Meist ist dann keine klare, konkrete Stellungnahme zu einem speziellen Fall von ihm zu erwarten. Eher unfertige Gedanken, Hypothesen, die sich nicht an klare Fakten halten, sondern eher auf diffuse Vermutungen fußen. Diese erweisen sich jedoch oft zu einem späteren Zeitpunkt als diejenigen, die zur Lösung eines Falles entscheidend beitragen.

»Fridolin, als ich gestern Abend mit Nina in der Strauße in Mahlberg war, ist mir Folgendes eingefallen: Bei unserem Fall stochern wir ja irgendwie im Nebel. Wir vermuten vieles, wissen manches, aber nur wenig passt zusammen und etwas Konkretes ist nicht dabei. Wir müssen versuchen, unsere vermeintlichen Gegner aus der Reserve zu locken, sie zum Handeln zwingen. Vielleicht machen sie dann Fehler.«

»So wie es aussieht, hast du dir schon etwas Bestimmtes überlegt«, schmunzelt Oesterle.

»Wie fändest du es, wenn Corinna in der Badischen Zeitung einen Artikel veröffentlichen würde, in dem zu lesen ist, es bestehe ein begründeter Verdacht, dass in diversen Discountern gefälschte Weine angeboten werden und die zuständigen Behörden, Betrugsdezernat in Zusammenarbeit mit der Weinkontrolle, eine heiße Spur verfolgen.«

»Das hat was für sich«, antwortet Oesterle, »könnte allerdings auch dazu führen, dass wir unnötig Pferde scheu machen und die Täter ihre Spuren verwischen und untertauchen bis Gras über die Sache gewachsen ist.«

»Das kann passieren«, gibt Schatzhauser seinem jungen Kollegen recht, »aber sie müssen reagieren und diese Reaktion müssen wir abwarten, um daraus unsere Schlüsse ziehen zu können. Wir müssen, nachdem der Artikel erschienen ist, mit einigen unserer Leute in den Weinabteilungen der diversen Märkte präsent sein, natürlich in Zivil, um das Geschehen vor Ort zu beobachten. Sicherlich wird man versuchen, die betreffenden Weine aus den Regalen zu entfernen und später aus dem Sortiment zu nehmen. In dem Moment müssen wir zuschlagen. Ich bin der festen Überzeugung, dass ein für die Weinabteilung Verantwortlicher in die Machenschaften verstrickt ist. Diesen müssen wir ausfindig machen, um an die Hintermänner zu kommen. Denn, dass das alles in ganz großem Stil abläuft, und damit meine ich nicht nur hier in unserer Region, lässt sich aus den vorliegenden Tatsachen unschwer ableiten.«

»Das könnte klappen, wenigstens ist es einen Versuch wert«, meint Oesterle, um jedoch gleich hinzuzufügen, dass man dies zuerst mit der Weinkontrolle besprechen sollte, deren Chef ja in wenigen Minuten bei ihnen erscheinen werde.

»Das machen wir, Frodo, ich bin gespannt, was der Mann uns zu sagen hat.«

»Da brauchen sie gar nicht lange zu warten, meine Herren«, tönt da eine Stimme von der Tür her.

»Pünktlich wie die Maurer«, begrüßt Schatzhauser den eintretenden Chef der Weinkontrolle. Dieser hat ein Bündel Papiere bei sich, die er auf dem Schreibtisch Schatzhausers ausbreitet.

»Wir haben zwar noch nicht alles kontrolliert und miteinander verglichen, aber das, was wir haben, ist brisant genug. Gerne erkläre ich Ihnen den Sachverhalt.«

Die beiden Kommissare platzieren sich rechts und links von ihm. »Sie hatten recht mit Ihrer Annahme, dass es sich um Weinfälschungen größeren Ausmaßes handelt. Wir haben insgesamt zwölf Weinabteilungen in Discountern aufgesucht und dort die Weine gekauft, die auf der Liste standen, die sie uns zur Verfügung gestellt hatten. Gleichzeitig haben wir uns mit den zuständigen Weingütern, Kellereien und Genossenschaften, von denen die Weine angeblich stammen, in Verbindung gesetzt und sie gebeten, uns jeweils zwei Flaschen der Originalweine zur Verfügung zu stellen. Sie waren entsetzt, als sie erfuhren, worum es geht und kooperierten vorbildlich mit uns. Folgende Sachlage hat sich dabei ergeben.«

Er zeigte auf die Listen mit den Tabellen und Analysedaten. Dort waren dreißig Weine in zwei Rubriken akkurat aufgelistet. Die eine beinhaltete die Daten der Originalweine, die andere die der Weine, die die Weinkontrolle eingekauft hatte. Bei keinem der untersuchten Weine waren die betreffenden Daten identisch. Manche der infrage kommenden Weine, welche im Handel angeboten wurden, standen laut Erzeuger gar nicht mehr zum Verkauf. Weiter berichtet er, dass man nun wisse, dass es sich um Fälschungen in großem Stil handele, aber noch nicht, um welche Mengen es dabei genau gehe. Der nächste Schritt müsse jetzt der sein, herauszufinden, wer was und wie viel eingekauft hat. Hier hakt Schatzhauser ein und unterbreitet ihm den Vorschlag, den er soeben schon Oesterle gemacht hat. Der Weinkontrolleur schaut etwas skeptisch, weil er befürchtet, dass man für diese Aktion nicht genügend Personal zur Verfügung hat. Man könne natürlich nicht in jeder Filiale präsent sein, meint Schatzhauser. Trotzdem sei es wichtig, wenigstens stichprobenartig zu beobachten, was passiere.

»Wenn jemand diese besagten Weine aus dem Regal und somit aus dem Angebot nimmt, tut er dies im Auftrag. An diesen Auftraggeber müssen wir rankommen, denn er weiß Bescheid und ist verantwortlich dafür, dass die gefälschten Weine im Regal stehen.«

»Aber können wir denn nicht nur hingehen und die Filialleiter der Discounter mit den uns vorliegenden Tatsachen konfrontieren? Das wäre doch wesentlich unkomplizierter und mit deutlich weniger Aufwand verbunden«, warf der Weinkontrolleur ein.

»Das stimmt, aber somit könnte man nur beweisen, dass gefälschte Weine im Regal stehen und sonst nichts. Die Verantwortlichen der betreffenden Supermärkte könnten vorgeben nichts gewusst zu haben und selbst getäuscht worden zu sein. Wenn wir aber jemanden sozusagen in flagranti dabei ertappen, wie er die gefälschten Flaschen aus dem Regal entfernt, kommen wir näher an die Drahtzieher heran. Von dieser Person aus können wir uns vorarbeiten bis hin zu den Hauptverantwortlichen.«

Diese Argumentation leuchtet dem Kontrolleur ein und er stimmt dem Vorschlag von Schatzhauser zu. Man einigt sich, dass an dem Tag, an dem der Artikel von Corinna in der Badischen Zeitung erscheint, die Weinabteilungen in sechs Filialen beobachtet werden sollen. Sobald die betroffenen Weine von jemandem aus den Regalen entfernt werden, soll eingegriffen und die verdächtigen Personen zu einer Befragung aufs Polizeipräsidium mitgenommen werden.

»Das alles muss schnell gehen«, mahnt Schatzhauser, »es geht eigentlich nur darum, zu erfahren, in wessen Auftrag sie gehandelt haben, denn ich kann mir nicht vorstellen, dass ein Verantwortlicher selbst die Regale ausräumt. Danach können die Personen unter der Bedingung, nichts zu erzählen, wieder auf freien Fuß gesetzt werden. Sie von der Weinkontrolle brauchen in diesem speziellen Falle erst einmal nicht mehr aktiv zu sein. Wir führen die Ermittlungen weiter, denn am Ende der Kette steht immer noch die Aufklärung eines Mordfalles. Wir würden uns allerdings freuen, wenn wir weiterhin auf ihre Hilfe zählen könnten. Natürlich werden wir Sie über den weiteren Fortgang der Untersuchungen unterrichten. Wir bleiben also in Verbindung. Nur eine Bitte habe ich noch an Sie. Da wir davon ausgehen müssen, dass sich diese Machenschaften nicht nur auf den Raum Freiburg und Offenburg beschränken, sondern der Verdacht besteht, dass Filialen im ganzen Bundesgebiet davon betroffen sind, möchte ich Ihnen vorschlagen sich mit Ihren Kollegen in den zuständigen Untersuchungsämtern kurzzuschließen und eine bundesweite Überprüfung in die Wege zu leiten. Zuerst allerdings führen wir hier besagte Aktion durch. Erst wenn Sie von uns grünes Licht bekommen, können Sie mit ihren Ermittlungen weiter fortfahren.«

Der Leiter des weinchemischen Untersuchungsamtes erklärt sich einverstanden, bedankt sich noch einmal bei Schatzhauser und Oesterle für die gute Zusammenarbeit, wünscht diesen für ihre weitere Arbeit viel Erfolg und mit den Worten: »Wir hören voneinander«, lässt er die beiden alleine.

»Endlich passiert mal was.« Schatzhauser lässt sich in seinen Schreibtischstuhl fallen, sodass dieser beängstigende Töne von sich gibt. »Es geht voran, Frodo.«

Auch dieser freut sich, dass nun Fakten auf dem Tisch liegen und sie aktiv werden können. Auf seinem Gesicht macht sich ein Zug von Zufriedenheit gepaart mit Angriffslust breit. »Ich rede heute Abend noch mit Corinna, teile ihr die Fakten mit und entwerfe gemeinsam mit ihr den Text für die Badische Zeitung.«

»Aber ohne dabei zu viele Einzelheiten zu verraten«, warf Schatzhauser belehrend ein. Oesterle schaut ihn von der Seite her ein wenig beleidigt an und Schatzhauser beschwichtigt: »Ich weiß, du machst es schon richtig. Was hältst du davon, wenn wir nach den guten Ergebnissen heute Abend ein wenig ausgehen. Nina hat …«

»Ein Event bei den Laubenthalers, ich weiß«, unterbricht ihn Oesterle. »Ein wenig Wein, ein wenig Musik und gutes Essen. Ich bin dabei, wenn ich auch mit meinem immer noch lädierten Bein nicht tanzen kann.«

»Es wird ja auch keine Tanzmusik gespielt, du Banause, sondern die Musik wird in eine passende Verbindung zu Essen und Wein gebracht.«

»Also kein Dialog, sondern ein Trialog«, bemerkt Oesterle leicht grinsend.

»Wenn du so willst, ja«, geht Schatzhauser auf die Bemerkung ein und meint spöttisch: »Besser als ein Triathlon.«

»Bei dem du sicherlich nicht als Gewinner hervorgehen würdest«, setzt Oesterle den Schlusspunkt. Beide lachen aus vollem Hals und man merkt ihnen an, wie sehr sie doch dieser Frust, überhaupt nicht voranzukommen, belastet hat.

»Also wir sehen uns um halb acht bei den Laubenthalers, aber mach vorher mit Corinna den Artikel noch fertig«, kann Schatzhauser sich beim Hinausgehen nicht verkneifen Oesterle noch zuzurufen.«

»Gespickt mit allen Einzelheiten«, kommt es prompt

zurück. Um den Einsatz der Polizei nach Erscheinen des Artikels von Corinna in der Badischen Zeitung zu koordinieren, setzt sich Oesterle mit dem Chef der Bereitschaftspolizei in Verbindung und bittet ihn für den kommenden Morgen in sein Büro. Dann verlässt auch er das Präsidium und macht sich auf den Weg zu seiner Freundin, um mit ihr den als Köder gedachten Artikel zu verfassen. Corinna freut sich Schatzhauser und Oesterle auf diese Weise behilflich sein zu können und beide sind gespannt, was passieren wird, wenn der Artikel am kommenden Montag erscheint. Jetzt aber ist Wochenende und beide freuen sich schon auf den gemeinsamen Abend.

27

Der grün beleuchtete Baum auf der Terrasse des Weinguts und Restaurants Laubenthaler ist schon von Weitem sichtbar. Grün ist bekanntlich die Hoffnung und diese trügt bestimmt nicht, denn man weiß, dass einen nur Gutes erwarten kann, wenn Nina Zinsendorf zu einem Event einlädt. Heute steht die Veranstaltung unter dem Motto: Essen, Trinken und Musik. Fünfundsechzig Interessierte haben sich angemeldet. Um neunzehn Uhr dreißig trudeln die ersten Gäste ein. Unter ihnen auch Schatzhauser, Oesterle und Corinna. Um die nötigen Vorbereitungen zu treffen, ist Nina schon eine gute Stunde früher losgefahren. Bereits im Vorfeld hat sie sich wegen den wie üblich, musikalischen Beiträgen mit einem Bekannten besprochen. Dieser hat die Anlage aufgebaut, die Lautsprecher im Raum verteilt, und soll am heutigen Abend die Musikanlage bedienen. Nina bittet ihn, das Servicepersonal und die Küchenmannschaft an einen Tisch, um mit allen den genauen Ablauf zu besprechen, denn wie die Erfahrung lehrt, ist ein genaues Timing und Briefing, das A und O solcher Veranstaltungen. Nina weiß, dass sie sich in dieser Hinsicht bei den Laubenthalers keine Sorgen machen muss. Trotzdem fühlt sich jeder nach einer solchen Besprechung sicherer. »Zuerst wird Wein oder Sekt eingeschenkt, dann das Essen aufgetragen und erst dann wird die Musik abgespielt. Achtet einfach auf mein Zeichen, dann kann eigentlich nichts schiefgehen«, gibt sie letzte Anweisungen und beendet damit die kurze Besprechung.

Fast gleichzeitig kommen Schatzhauser, Oesterle und Corinna an und werden von Nina herzlich begrüßt und an ihren Tische begleitet. Es ist kurz vor neunzehn Uhr und alle reservierten Plätze sind besetzt. Man sieht durchweg in erwartungsvolle Gesichter. Nina steht auf und geht zum Rednerpult. Es wird still im Saal und die Beleuchtung wird ein wenig heruntergefahren. Nina begrüßt die Gäste.

»Geht es Ihnen auch so, meine Damen und Herren, Sie sitzen mit Freunden im Jazzkeller, leger angezogen, ungezwungen und jemand kommt und fragt, was Sie trinken wollen? Sie hören einen Moment in sich hinein und bestellen einen fruchtig, frischen Rosé. Sonst trinken Sie eher selten Rosé, aber jetzt war es Ihnen irgendwie danach, so als ob der Wein in diesem Moment genau richtig wäre; passend zu dieser handgemachten Musik. Jazz ist kompliziert genug, da braucht man nicht noch einen komplizierten Wein. So kann man sich ganz auf die Musik konzentrieren. Musik hat nicht nur Auswirkung auf unser Gefühlsleben, sondern dringt auch ins Unterbewusstsein ein und führt dort zu Verbindungen wie im beschriebenen Falle; ich höre Jazz und dazu passt Rosé.

Betrachtet man einmal die Musikkritiken in den Feuilletons großer Zeitungen, fällt einem auf, wie diese den Vokabeln von Weinkritikern ähneln. Dort tauchen Beschreibungen auf, die man ohne Weiteres auch als Charakterisierung mancher Weine verwenden könnte. Ausdrücke wie: ›Überaus fein gearbeitet‹, ›erotisch, exotischer Klang‹, ›geschmeidig und elegant‹, ›lustvoll und sinnlich‹, ›üppig und gehaltvoll‹ sind nur einige wenige Beispiele dafür. Dass Musik auch das Kaufverhalten von Weintrinkern beeinflussen kann, ist seit Langem bekannt und durch Studien belegt. So wurde in einer Weinabteilung eines Supermarkts über zwei Wochen entweder deutsche Blas- oder französische Akkordeonmusik gespielt. Es stellte sich heraus, dass die Käufer bei der französischen Musik etwa dreimal häufiger zu französischen Weinen griffen und bei Blasmusik zu den deutschen.

Weiterhin wurde bewiesen, dass der Geschmack von Cabernet Sauvignon von Weintrinkern stärker mit ›mächtiger und schwerer Musik‹ verbunden wird. Chardonnay hingegen habe bei ›schwungvollen und erfrischenden‹ Melodien deutlich besser geschmeckt. Hört man eine bestimmte Art von Musik, sollen bestimmte Bereiche des Gehirns angeregt werden. In der Folge verändert das auch die Wahrnehmung des Wein-Geschmacks. So kann klassische Musik genauso gut passen wie Rockmusik, Jazz oder auch Chormusik. Als Paradebeispiel für die Umsetzung solcher Ergebnisse dürfte die Werbung für badischen Wein gelten, wo am Schluss der Song ›Summer Wine‹ von Nancy Sinatra und Lee Hazlewood eingespielt wird. Musik ist wie Wein Geschmackssache und oft nur ganz individuell zu deuten. Wichtig bei all dem ist es, sich in eine gewisse Stimmung bringen zu lassen. Heute Abend möchte ich mit Ihnen eine musikalische Reise machen. Einen Streifzug durch alle Stilarten der Musik und Ihnen zu jedem Musikstück einen Wein vorstellen, von dem ich denke, dass er die Musik widerspiegelt. Damit das Ganze nicht zu flüssig wird, gibt es noch das passende Essen zu Musik und Wein. Bevor die Musik abgespielt und Speisen und Wein gereicht werden, möchte ich kurz etwas zu dieser Dreierverbindung erzählen. Ich wünsche Ihnen viel Vergnügen.«

Nina wartet, bis etwas Ruhe eingekehrt ist, und stellt das erste Stück vor. »Als Ouvertüre des heutigen Abends habe ich für Sie die Ouvertüre aus der Oper Wilhelm Tell ausgesucht. Überschäumend, temperamentvoll wie ein Pferd in fliegendem Galopp, gleichzeitig aber auch mit einer gewissen Kühle und stahligen Härte, erinnernd an die schneebedeckten Bergzinnen der Schweiz, kommt diese Musik daher. Passend zu diesem kühlen Blick der Leidenschaft habe ich einen Rosé-Sekt vom Weingut Laubenthaler und ein Meerrettichparfait mit heißen Preiselbeeren und geräucherter Entenbrust ausgesucht. Kalt und Heiß, Süße und Schärfe, Frische und Lebendigkeit in trauter Eintracht. Viel Spaß und guten Appetit.«

Essen und Wein wird hereingetragen und dann wird die Musik abgespielt. Manchen Gästen kann man es regelrecht ansehen, wie sie genießen. Die Füße geben den Takt der Musik wieder. Alle Sinne scheinen beschäftigt zu sein.

»Woher nimmst du nur all diese Ideen, Nina«, begeistert sich auch Schatzhauser und genießt in vollen Zügen.

»Das passt alles wie der Deckel auf den Topf«, freut sich auch Oesterle.

»Und es schmeckt hervorragend«, wirft Corinna ein.

»Ihr solltet den Tag nicht vor dem Abend loben«, bringt Nina alle wieder auf den Teppich, freut sich aber über das Lob.

Dann stellte sie das nächste Musikstück vor. »Wir bleiben bei der Klassik liebe Gäste, wechseln aber von Rossini zu Mozart. Hören Sie die Arie des Papageno aus Mozarts ›Zauberflöte‹. Leicht verspielt, etwas verrückt, jugendlich, frisch und unbekümmert, begleitet von hellen Flötentönen wünscht er sich ein Weibchen, das zu ihm passt. Ein Riesling halbtrocken vom Weingut Dielacher ist sicherlich ein geeigneter Partner. Feine Mineralien, ein Früchtereigen von Grapefruit, Apfel, Birne, Quitte, Rhabarber und ein Hauch von frisch gemähtem Gras verkörpern Frische und

Lebendigkeit. Die feine Süße schmeichelt und lullt ein. Wie ein lustig flatternder Kolibri tanzt der Wein auf unserer Zunge und macht Spaß bei jedem Schluck. Vielleicht fragt sich Papageno bei solch einem Wein, ob er überhaupt ein Weibchen braucht? Vielleicht doch, wenn sie ihm zu diesem Wein eine Mousse von grünem und weißem Spargel und einen frisch-würzigen Champignonsalat zubereitet. Was meinen Sie, meine Damen und Herren?«

Sie schaut sich um und blickt in erwartungsfrohe Gesichter. Es ist für sie immer wieder eine Freude zu erleben, wie Menschen sich an gutem Essen und Trinken begeistern können. Es wird ihr auch niemals zur Routine. Wenn das der Fall wäre, würde der Funke nicht überspringen. Ihre Leidenschaft und ihr Spaß müssen anstecken und animieren. Deshalb sind Spontaneität und Lebendigkeit bei ihren Vorträgen oder Seminaren oberstes Gebot. Viele ihrer Kollegen spulen ihr Programm ab, und wenn dann mal einer nachfragt oder gar hinterfragt, kommt da oft nicht viel. Ein gut fundiertes Grundwissen ist daher eine absolute Notwendigkeit. Eine gewisse Schlagfertigkeit komplettiert das Ganze.

»Vom lustig flötenden Papageno zu Sting«, moderiert Nina die nächste Dreierverbindung an. »Einst Leadsänger der Gruppe Police, mit der er Musikgeschichte geschrieben hat, zum Solisten von Weltruhm avanciert. Ich habe mit ›Fields of Gold‹ eine gefühlvolle Ballade von ihm ausgesucht, die von Hoffnung und Sehnsucht erzählt. Mit den goldenen Feldern sind die, von der Sonne in flüssiges Gold getauchten Weizenfelder im Mittleren Westen der USA gemeint, über die ein leichter Windhauch streicht, der einem den Geruch von frischem Getreide in die Nase steigen lässt. Dazu trinken Sie eine im Barrique ausgebaute Grauburgunder Spätlese trocken. Diese verstärkt die ruhigen Töne. Der Geschmack nach Laub, frischem Brot, aber auch diese leicht herbe Note nach Quitte, Nuss, nassem Stroh, etwas Bananenschale und Vanille sowie eine frische Schärfe nach schwarzem Pfeffer machen einen glauben, dass man den Weizen auch auf der Zunge spürt. Ein ruhiger Wein, der die Stimmung dieser Ballade wunderbar auffängt. Das Essen allerdings bringt ein wenig Frische in diese Ménage-à-trois: Marinierter Tafelspitz und ein Feldsalat mit Kracherle (Croûtons) sorgen dafür, dass bei den vielen ruhigen Tönen das Ganze nicht zum Einschlafen kommt. Die Marinade und auch das leichte Walnuss-Limettendressing des Feldsalats sorgen für den nötigen Kontrast. Genießen Sie Musik, Essen und Wein.«

Nina lässt den Gästen genügend Zeit der Musik zu lauschen und sich an Essen und Wein zu freuen, denn sie weiß: Nichts ist schlimmer, als wenn alles hopplahopp gehen muss, die Leute gedrängt werden und keine Zeit haben zu genießen und sich zwischendurch auch einmal zu unterhalten. Außerdem braucht auch die Küche Zeit zur Vorbereitung. So vergeht eine halbe Stunde, bevor sie wieder ans Podium tritt und den nächsten Gang vorstellt.

»Wir bleiben in den USA. Vom Westen geht's nun in die Südstaaten der USA, der Heimat des Blues und des Soul, der sogenannten ›schwarzen Musik‹, der Musik, die die Seele berührt: tief und voller Gefühle, Schmerz, Leid und Glück. Mitten im Leben ist sie, Aretha Franklin, die Königin des Soul mit ihrem Song ›Spanish Harlem‹. Gibt es dazu etwas Besseres als einen tiefgründigen, warmen, rauchigen, schweren Rotwein, der viel zu erzählen hat? Dunkel und geheimnisvoll fast wie ein schwarzer See liegt der Wein im Glas. Er schleicht sich an wie ein Kater, geschmeidig und leise. Es ist am Anfang ein Duett zwischen Wein und Musik. Fülle und Kraft und gleichzeitig schmeichelnd und mollig warm der Wein. Und bei der Musik atmen wir die heiße, schwere Luft Louisianas. Mit dem Wein, den Sie trinken, wurde auch das Essen zubereitet. Ein Ossobuco der etwas anderen Art, süß und scharf mit einer Schokoladen-

Chili-Kirschsoße. So wird ein Duett zum Trio. Probieren Sie!

Fast am Ende sind wir nun, meine Damen und Herren. Aber es fehlt noch das Sahnehäubchen, das Dessert, ohne das kein Menü enden sollte. Probieren wir es mal mit dem ›Bolero von Ravel‹ und einem Riesling Eiswein. Bei diesen beiden knistert es, Erotik pur. Nicht schwülstig, sondern frisch, voller Ideen und Überraschungen. Es ist ein süßer Zauber, ein Verführen und Entführen, eine elektrisierende Spannung, die sich zwischen Wein und Musik aufbaut. Beide nehmen sich an den Händen und lassen sich nicht mehr los. Aber einer drängt sich tatsächlich noch dazwischen: Der karamellisierte Orangenflan mit einer Orangen-Ingwersoße und meint spitzbübisch: ›Na, wie wär's mit einem flotten Dreier?‹ Die anderen beiden schauen sich an. Warum nicht? Viel Spaß mit den Dreien. Ich möchte mich jetzt von Ihnen verabschieden, aber nicht, bevor ich nicht den Winzern und der Küchenbrigade gedankt habe, für ihre tolle Arbeit und Ihnen, meine Damen und Herren, fürs Zuhören. Ich hoffe, ich konnte sie davon überzeugen, wie wunderbar Essen, Wein und Musik sich ergänzen und interagieren. Ich wünsche Ihnen weiterhin guten Appetit und einen schönen Abend.« Nina verneigt sich leicht und geht zu ihrem Tisch. Lang anhaltender Beifall begleitet sie dorthin.

»Die Woche war alles andere als erfolgreich, aber der heutige Tag hat alles wieder wettgemacht und der Abend setzt noch eins drauf! Danke, Nina, für die tolle Veranstaltung.« Schatzhauser hebt sein Glas und prostet Nina zu. Oesterle und Corinna tun es ihm nach.

»Freut mich, dass es euch gefallen hat«, bedankt sich Nina, »jetzt beginnt auch für mich der gemütliche Teil des Abends.« Sie nimmt einen großen Schluck, die Spannung fällt von ihr ab und in lockerer Runde genießen die vier Freunde den Rest des Abends.

28 Bevor sich Detlef Deuster auf den Weg nach Ettenheim macht, fährt er zu seiner Dienststelle und sucht sich die gewünschten Förderanträge heraus. Er zögert, als er das Aktenbündel in seine Tasche steckt. Wenn was passiert, ist es besser, wenn ich etwas in der Hand habe; vorsichtig ist die Mutter der Porzellankiste, denkt er und kopiert die Unterlagen. Außer mir weiß dann keiner, dass ich noch über Kopien verfüge, wiegt er sich in trügerischer Sicherheit. Dann steckt er die kopierten Akten in eine Plastiktüte, die er später bei sich privat verstecken will. Nach getaner Arbeit steigt er wieder in sein Auto und fährt nach Ettenheim. Im Rohanhof parkt er sein Auto und geht zu Fuß zum Rathausplatz. Dort angekommen, schaut er sich um, kann aber keinen entdecken, der sich für ihn interessiert hätte. Dann klingelt sein Handy. Es war der gleiche Anrufer, der ihn auch schon zu diesem Treffen bestellt hat. Er erfährt, dass er sich in den Prinzengarten begeben soll. Am Ende des Gartens führt ein Pfad nach oben. Diesem solle er folgen, bis er eine kleine Nische, eine Art Laube, erreiche. Auf die dort installierte Bank solle er sich setzen und warten. Deuster tut wie ihm geheißen. Vom Rathausplatz zum Prinzengarten sind es nur wenige Minuten. Er schnappt sich die Tasche mit den Akten und geht zu Fuß. Ein komisches Gefühl beschleicht ihn, als er sich dem Prinzengarten nähert. Er kennt die Stelle, die der Unbekannte als Treffpunkt ausgesucht hat. Sie liegt abseits der Straße, etwas abgeschieden. Eher ein lauschiges Plätzchen für Verliebte, die ungestört sein wollen. Es ist zwar nicht für jedermanns Ohren bestimmt, was es zu bereden gilt, aber wieso muss es ausgerechnet dort sein, fragt er sich. Es fängt an zu regnen. »Auch dass noch«, murmelt er und schlägt den Mantelkragen hoch. Er betritt den Prinzengarten. Kein Mensch zu sehen. Er geht an den Rabatten und Blumenbeeten entlang. Der schmale Pfad ist leicht zu finden. Der Regen hat wieder aufgehört und die Sonne kommt heraus. Es riecht nach Laub und frisch gemähtem Gras. Er erschreckt sich, als eine Amsel dicht an seinem Kopf vorbei fliegt. Es ist irgendwie unheimlich. Eine Biegung noch, dann hat er die ihm beschriebene Stelle erreicht. Wieder schaute er sich um. Nichts. Kein Laut, nur das schwache Motorengeräusch von der entfernt liegenden Straße. Er wischte die Bank trocken, setzte sich und wartete. Die Sonne taucht das Grün der Bäume in ein diffuses Licht. Er schließt die Augen und entspannt sich. Sein Kopf fällt auf die Brust und er ist fast ein klein wenig eingeschlafen, als ein Geräusch in aufschreckt. Er richtete seinen Körper auf. Hört aber nichts mehr. Ein Vogel oder ein anderes Tier, denkt er, und als er sich wieder zurücklehnen will, vernimmt er nur noch einen dumpfen Knall.

29

Von wegen ruhiger Sonntag. Es ist acht Uhr am Morgen, da klingelt das Handy von Leopold Schatzhauser. Walter Schätzle von der Spurensicherung ist dran.

»Hast du wieder einen Wurm gefangen?«, kann er sich nicht verkneifen zu sagen.

»Es ist kein Wurm, Leopold, sondern eine männliche Leiche und diese liegt in Ettenheim im Prinzengarten. Ein Jogger hat sie gefunden und uns sofort informiert.

»In einer Stunde bin ich da Walter«, gibt er dem Leiter der Spusi zur Antwort. Dann schält er sich aus dem Bett, macht eine kurze Katzenwäsche und ruft Oesterle an. Dieser ist, verständlich nach dem gestrigen Abend, nicht sonderlich erbaut, schon so früh aus den Federn zu müssen. Hat er sich doch auf ein schönes gemeinsames Wochenende mit Corinna gefreut. Aber in diesem Beruf kann man es sich nicht immer aussuchen. Das Telefon hat auch Corinna aufgeweckt. Sie zieht einen Schmollmund, als sie erfährt, was los ist. Aber auch sie weiß, dass dies das Los eines Polizisten ist. Eine innige Umarmung und ein Kuss zum Abschied, dann verlässt Oesterle Corinnas Wohnung in Kippenheim und fährt direkt nach Ettenheim.

Er sieht Schatzhausers Auto und das der Spurensicherung auf dem Parkplatz direkt vor dem Prinzengarten stehen. Er parkt seines daneben und begibt sich zum Tatort. Die Begrüßung von Walter Schätzle und Schatzhauser fällt kurz aus. Schatzhauser steht missmutig vor der Leiche, die Hände in den Taschen seines abgetragenen Mantels vergraben. »Kaum kommt man in einem Fall mal ein wenig weiter, liegt schon der nächste auf dem Tisch«, brummelt er.

»Noch liegt er ja vor der Bank auf der Erde«, bemerkt Oesterle trocken.

»Ha, ha, so früh am Morgen und schon solche Geistesblitze, das kann ja heiter werden«, nimmt Schatzhauser die Hände aus der Tasche und nimmt die Papiere in Empfang, die ihm Walter Schätzle entgegen hält. Er wendet sich Oesterle zu. »Stefan Deuster, dreiundvierzig Jahre, wohnhaft in Lahr«, entnimmt er dem Personalausweis, den er aus der gefundenen Brieftasche gezogen hat. »Ein Führerschein, auf den gleichen Namen ausgestellt. Eine Parkberechtigungskarte für das Regierungspräsidium in Freiburg und diverse andere Karten.« Er gibt die Brieftasche mit den Papieren wieder zurück. Inzwischen ist der Gerichtsmediziner mit seiner ersten Untersuchung fertig. »Doc, am besten sagen Sie uns gleich, wann es passiert ist, wie es passiert ist und wer es gewesen ist, dann können wir den Fall abschließen. Dann kann ich nach Hause gehen und mich wieder aufs Ohr legen.« Schatzhausers Laune hat sich noch nicht wirklich gebessert.

»Ich fürchte, ich muss Sie enttäuschen«, meint dann auch der Arzt. »Todeszeitpunkt, gestern Abend zwischen siebzehn und achtzehn Uhr, Näheres nach der Obduktion. Tatwaffe, eine Pistole. Welches Kaliber, wird die ballistische Untersuchung ergeben. Der Schuss muss aus einer Entfernung von ungefähr zehn Metern abgegeben worden sein. Der Schütze hat gut getroffen. Direkt ins Herz. Der Mann war sofort tot.«

»Danke Doktor, wenn Sie die weiteren Untersuchungen abgeschlossen haben, teilen Sie uns bitte die Ergebnisse mit.« Dann wendet er sich Oesterle zu, der die ganze Zeit schweigend dagestanden hat. »Was tut ein Mann wie Stefan Deuster an einem Samstagabend an einem solch entlegenen Ort«, überlegt dieser laut. »Er war ja gar nicht alleine«, bemerkt Schatzhauser, »mit seinem Mörder waren es schon zwei.« Oesterle nickt. »Walter, kann man erkennen, ob hier am Tatort ein Streit stattgefunden hat?«, will Schatzhauser von Schätzle wissen.

»Sieht nicht so aus, Leopold«, meint dieser, verrät jedoch, dass man in der Nähe des Toten, abseits des Pfades hinter einem Gebüsch Fußspuren und abgebrochene Zweige gefunden hat. »An einem der Zweige hing ein kleiner Stofffetzen und auf dem Boden darunter waren Blutstropfen zu finden. Der Täter muss sich beim Kriechen in oder aus dem Gebüsch den Arm aufgerissen haben«, meinte Schätzle.

»Ja dann haben wir doch wenigstens ein paar Anhaltspunkte und brauchen jetzt nur noch den, der zu den Fußspuren und zu dem Blut gehört, Walter«, kommentiert Schatzhauser die Erkenntnis von Schätzle, um sich direkt darauf an Oesterle zu wenden. »Also Frodo, was sagt uns das alles?«

Oesterle grinst. Er kennt das Spielchen mittlerweile. Schatzhauser konfrontiert ihn mit ein paar Fakten und möchte hören, welche Schlüsse man daraus ziehen kann. Auf diesen aufbauend, versuchen sie dann gemeinsam, den Tathergang zu rekonstruieren. »Es scheint so, als habe der Täter auf sein Opfer gewartet. Er muss also vor dem Opfer da gewesen sein. Das lässt den Schluss zu, dass er Ort und Zeitpunkt gekannt hat. Das heißt, man hat sich vorher verabredet. Wenn, wie Walter sagt, keine Spuren darauf hinweisen, dass ein Kampf stattgefunden hat, kam das Opfer alleine zu dem Treffen, hat gewartet und ist auf der Bank erschossen worden. Ich gehe einmal davon aus, dass ein Schalldämpfer benutzt worden ist. Danach ist der Mörder verschwunden.«

»Das sehe ich genauso, Frodo«, schließt sich Schatzhauser der Meinung an. »Weiterhin stellt sich jedoch die Frage, wie kommt das Opfer hierhin? Zu Fuß von Lahr aus ja wohl nicht. Der Täter hat ihn auch nicht gefahren. Wenn er mit dem Auto gekommen ist, wo hat er geparkt, hier vor dem Prinzengarten oder in der Stadt? Um das in Erfahrung zu bringen, müssen wir das Kennzeichen herausbekommen und ein paar Beamte losschicken, die die Parkplätze abklappern. Vielleicht finden sich in dem Auto ein paar Spuren, die uns weiterhelfen. Das ist allerdings zweitrangig. Viel wichtiger ist herauszubekommen, was das Opfer dort um diese Zeit wollte. Weiterhelfen wird uns in dieser Hinsicht sicherlich, wenn wir in Erfahrung bringen können, mit was sich das Opfer beschäftigt hat. Da hilft uns die Parkkarte vom Regierungspräsidium sicher etwas weiter. Im Gegensatz zu uns, Frodo, genießen die dortigen Beamten ihr wohl verdientes Wochenende, können uns ergo keine Auskunft geben.«

»Also vertagen wir unsere Ermittlungen bis morgen.«

»Wie immer ziehst du die richtigen Schlüsse, Fridolin«, ringt sich Schatzhauser ein leichtes Grinsen ab. »Es wird ein harter Tag morgen. Zuerst die Aktion in den Weinabteilungen und danach die Ermittlungen in dieser neuen Mordsache. Langeweile kommt da nicht auf.«

Mittlerweile hat die Spurensicherung ihre Arbeit beendet. Die Spuren sind gesichert und die Leiche ist abtransportiert worden. Nichts an diesem ansonsten lauschigen Ort deutet mehr darauf hin, dass hier vor wenigen Stunden ein Kapitalverbrechen stattgefunden hat. Schatzhauser und Oesterle verabschieden sich voneinander.

»Bis morgen, Leopold, mit hoffentlich besserer Laune.«

»Bis morgen, Fridolin, und schöne Grüße an Corinna«, geht dieser nicht auf die spitze Bemerkung ein, steigt in sein Auto und fährt los.

30

Montagmorgen. Mit der neuesten Ausgabe der Badischen Zeitung in der Hand kommt Oesterle ins Präsidium. Schatzhauser sitzt schon hinter seinem Schreibtisch. Oesterle legt die Zeitung vor ihn hin. Schatzhauser liest: »In vino veritas oder Die Auswirkung von Geiz ist geil und Schnäppchenjagd. Von unserer Redakteurin Corinna Keck.

Um es gleich vorwegzusagen, es geht mir nicht darum, preiswerte Weine zu verteufeln. Wenn diese unter günstigen Bedingungen zu einem günstigen Preis, bei ansprechender Qualität angeboten werden, ist dagegen nichts einzuwenden. Vielmehr geht es mir um die Billigstweine, die Lockangebote, bei denen man sich fragt, wie so ein niedriger Preis möglich ist.

Es graust einen doch, wenn man die Weinangebote der Discounter und auch teilweise des Lebensmitteleinzelhandels betrachtet. Es wird mit ›Wein der Woche‹, ›Wein des Monats‹ oder einmaliges Angebot‹ geworben. Da unterschreiten dann auch schnell mal die Preise für diverse Weine die Zwei Euro Grenze. Dabei spielt es keine Rolle, ob dies ein Gutedel aus dem Markgräflerland ist oder ein Wein aus dem Ausland. Der Kunde schaut und denkt: Toll, ein südafrikanischer Syrah für den Preis, nicht schlecht! Und ab in den Einkaufskorb. Rhein-Hessen-Eiswein für sechs Euro, Dornfelder für kapp zwei Euro oder was ausländische Erzeugnisse angeht: Rioja für teilweise unter fünf Euro oder Chianti Classico zum gleichen Preis. Die Nachfrage nach immer billigeren, (dies ist jetzt bewusst zweideutig zu verstehen) Weinen nimmt immer stärker zu. Ein sich ständiges Unterbieten der Discounter ist die Folge. Ob die Weine überhaupt so billig hergestellt werden können, interessiert keinen. Was bekommt das letzte Glied in der Kette: der Winzer? Wie kann es sein, dass ein argentinischer, chilenischer oder südafrikanischer Merlot für unter drei Euro, in deutschen Supermärkten angeboten werden kann? Wen von den Schnäppchentrinkern interessiert denn, wenn sie sich einen billigen Chianti Classico reinziehen, dass dieser nachweisbar in der Regel mit billigen süditalienischen Weinen verschnitten ist?

Diese Trinkmentalität treibt die Produzenten wie große Kellereien oder Erzeugerverbände zu immer dubiöseren Machenschaften. Ob es die Flüssigzuckergeschichte, der Glykolskandal, unlautere Verschnitte von Millionen Litern und falsche Deklarierungen waren und sind, ob in Anbetracht der teuren Barriquefässer (bis zu tausend Euro das Fass für zweihundertfünfundzwanzig Liter) auf Holzschnipsel oder gar Holzextrakt zurückgegriffen wird, ohne dass der Verbraucher dies auf den Etiketten erkennen kann. Ob Weinen Wasser entzogen oder bei Bedarf zugesetzt wird. Ob man Weine wie eine Maschine auseinandernimmt und je nach Bedarf entsprechend verändert und wieder zusammenbaut. Aber wen interessiert das schon? Hauptsache unter drei Euro und die Umdrehungen stimmen. Gerade jetzt machen weitere Negativschlagzeilen aus der Weinwirtschaft hier bei uns in Baden Schlagzeilen.

Wie aus sicherer Quelle zu erfahren war, haben Mitarbeiter des weinchemischen Untersuchungsamtes in Filialen von führenden Discountern zwischen Freiburg und Offenburg gefälschte Weine entdeckt (Beweise dafür liegen der Badischen Zeitung vor) und entsprechende Ermittlungen in Zusammenarbeit mit der zuständigen Polizeibehörde sind angelaufen. Ob es sich hierbei nur um eine regionale Angelegenheit handelt, steht noch nicht fest. Über Einzelheiten gibt die Polizei aus ermittlungstechnischen Gründen vorläufig keine Auskunft. Wir werden in dieser Sache natürlich am Ball bleiben.

Welche Schlüsse, liebe Leser, sollten wir aus dieser Meldung schließen? Noch mehr Wein auf dem Markt, noch mehr Konkurrenz, noch weniger Überblick für den Verbraucher. Wie schön wäre es doch sowohl für Verbraucher als auch für den Erzeuger, wenn trotz des globalen Marktes manchmal regional ja sogar lokal gedacht würde.

Oft findet man Winzer oder Genossenschaften (speziell in unserer Region) in der unmittelbaren Nachbarschaft. Man weiß um die Qualität deren Weine. Diese Betriebe gilt es zu unterstützen. Davon profitieren wir letztlich selbst, indem wir uns an einer guten Flasche Wein, aber auch an den schönen von Winzern und Obstbauern gepflegten Weingärten und Streuobstwiesen erfreuen können. Natürlich sind nicht alle Weine im Billigpreissegment schlecht und zu verteufeln, auch diesen Bereich muss es geben, um einen bestimmten Markt zu befriedigen. Aber alles hat seinen Preis und muss seinen Preis haben. Und letztlich sollten wir es uns selbst wert sein. Es soll hier kein Verzicht gepredigt werden, sondern ein bewusstes und nachdenklicheres Konsumieren, von dem langfristig jeder etwas hat. Vielleicht überlegt manch einer sich jetzt, ob es wirklich die Flasche für einen Euro und achtundneunzig Cent sein muss. Es stehen Menschen dahinter, deren Existenz davon abhängt! Wir, die Verbraucher entscheiden letztlich mit unserem Verhalten, was, wo und vor allem wie produziert wird. Seien wir uns doch dieser Verantwortung bewusst.«

31 »Sehr gut, Frodo. Ich habe schon dem Chef der Bereitschaftspolizei Anweisungen erteilt. Sie beobachten gleichzeitig wie besprochen die Weinabteilungen der betreffenden Geschäfte, und wenn sich dort jemand auffällig verhält, melden sie sich und wir greifen ein. Bis es so weit ist, setze dich bitte mit dem Regierungspräsidium in Freiburg in Verbindung und erkundige dich danach, was Stefan Deuster dort gemacht hat und wie das Kennzeichen seines Autos lautet. Mache mit denen außerdem einen Termin aus, wann wir vorbeikommen, uns vor Ort ein Bild vom Arbeitsplatz machen und eventuelle Befragungen vornehmen können.«

Oesterle wartet nicht lange und ruft an. Er trägt sein Anliegen vor und wird von der Zentrale zügig mit der Abteilung verbunden, dessen Leiter Stefan Deuster war. Ein Mitarbeiter Deusters meldet sich. Oesterle stellt sich vor. Er erzählt allerdings nichts vom Tod Deusters, um nicht unnötig die Pferde scheu zu machen, sondern fragt nur nach dessen Automarke und dem Kennzeichen. Etwas verblüfft über diese Frage gibt der Mitarbeiter Auskunft: FR-SD-77, schwarzer Audi. Auf die Frage, warum er das denn wissen wolle, antwortet Oesterle ausweichend, wegen eines Verkehrsdelikts. Dann macht er einen Termin aus. Mit der Bestätigung: »Dienstag, zehn Uhr, ist recht«, beendet er das Gespräch. Der Sekretärin gibt er den Auftrag, Erkundigungen über Stefan Deuster einzuholen. »Angehörige, Bankverbindung, Vorstrafen, na, das Übliche halt, Sie wissen schon.« Die Sekretärin nickt und macht sich an die Arbeit. Dann ruft Oesterle die Polizei in Ettenheim an, erklärt denen die Sachlage und bittet sie, Ausschau nach dem Auto Deusters zu halten. Schatzhauser trommelt nervös mit seinen Fingern auf die Schreibtischkante. »Deuster war

Leiter der Abteilung für Landwirtschaft und dort zuständig für die Vergabe von Fördermitteln«, berichtet ihm Oesterle.

»Haltet euch fest«, betritt in diesem Moment Walter Schätzle den Raum und unterbricht Oesterle in seiner Rede. »Ich war gerade bei der KTU. Ratet mal, was die herausgefunden haben.«

»Mach's nicht so spannend, Walter«, werden Schatzhauser und Oesterle neugierig.

»Die Kugel, die Stefan Deuster getötet hat, stammt aus der gleichen Waffe ...«

»... mit der auch der im Maisfeld getötet wurde«, beendet Schatzhauser zur Verblüffung der andern beiden den Satz.

»Dich kann wohl gar nichts mehr überraschen«, spielt Schätzle den Beleidigten.

»Hätte mir Fridolin nicht gerade erzählt, wo dieser Deuster gearbeitet hat, wäre die Überraschung perfekt gewesen. Aber als ich ›Landwirtschaft‹ hörte, zu der ja auch bekanntlich der Weinbau zählt, und Fördermittel und mich gleichzeitig an ein Gespräch mit Nina erinnerte, indem sie mir zu verstehen gab, dass das richtig große Geld nicht mit ein paar falsch deklarierten Weinen, sondern mit Subventions- und Förderungsbetrug gemacht werde, schrillten bei mir die Alarmglocken.«

Oesterle schüttelte den Kopf. Schatzhauser konnte ihn immer wieder in Erstaunen versetzen. Wenn es auch nach außen den Anschein hat, dass er oft abwesend ist, verliert er jedoch nie sein Ziel aus den Augen. Er lässt die Fakten eines Falles wie Puzzleteile in seinem Kopf kreisen. Er wägt ab. Einige Thesen verwirft er. An anderen hält er fest und setzt sie an eine ganz bestimmte Stelle eines imaginären Bildes, das er in seinem Kopf hat. Mit allen weiter hinzukommenden Erkenntnissen verfährt er ebenso. So hat er ständig präsent, was eventuell noch an einer Stelle fehlen könnte. So ist dieses Teil jetzt zwar nicht der sogenannte Schlussstein des Ganzen, aber ein wertvolles Mosaiksteinchen, das zur Lösung wichtige Verbindungen schafft.

»An solchen Sachen wird deutlich, warum dich die Leute vom LKA nur ungern haben gehen lassen, Leopold, deine Kombinationsgabe ist genial«, verteilt Schätzle ein dickes Lob.

»Wenn Fridolin so lange im Dienst ist wie ich, kann er das auch«, wiegelt dieser sogleich ab und bedankt sich bei dem Leiter der Spurensicherung für die gute Nachricht. Schätzle verabschiedet sich.

»Wir hatten recht damit, Fridolin, dass das hier keine kleine Sache ist. Sie ist sogar so groß, dass sich diese, nennen wir sie mal Organisation, einen ›Mann fürs Grobe‹ leistet. Wie es scheint, fackeln die nicht lange. Sobald sie bemerken, dass man ihnen näher kommt, versuchen sie alle Spuren zu verwischen. Ich bin mal gespannt, was wir in der Sache Deuster noch alles herausfinden werden. Aber jetzt schon steht für mich fest, dass dieser in kriminelle Machenschaften verwickelt war.«

Oesterle stimmt seinem Chef in allen Überlegungen zu. Gleichzeitig merkt er an, dass die schnelle Reaktion dieser Organisation darauf schließen lasse, dass die Entscheidungswege relativ kurz sind, was wiederum bedeute, dass es diverse Einzelabteilungen gibt, die ohne Befehl von ganz oben eigene Entscheidungen treffen können. So könne es sein, vermutet Oesterle weiter, dass diejenigen, die für die gefälschten Weine verantwortlich sind, gar nichts von der Abteilung weiß, die mit Förderung und Subventionen zu tun hat. Das alles läuft ganz oben zwar zusammen, aber die mittlere und schon gar nicht die unterste Ebene wissen voneinander. So hält man das Risiko gering und es kann ohne Weiteres passieren, dass, wenn eine Abteilung erwischt wird und auffliegt, die anderen ohne Probleme weitermachen können.

»Schade, dass Walter jetzt nicht mehr da ist, Frodo, auch du hättest jetzt verdientermaßen ein dickes Lob von ihm bekommen«, zollte Schatzhauser dem jungen Hauptkommissaranwärter Respekt.

»Die Zusammenhänge sehe ich genauso. Wir können so vielleicht zwei Fliegen mit einer Klappe schlagen.«

Das Telefon klingelt. Einer der sich im Einsatz befindenden Bereitschaftspolizisten meldet sich. In einer Filiale in Lahr sei eine sich auffällig verhaltende Person gesichtet worden, berichtet dieser. Kurz danach folgen weitere Anrufe. Oesterle und Schatzhauser geben Anweisungen die Männer festzuhalten, bis er und Oesterle eingetroffen seien.

»Es bewegt sich was, Fridolin, an die Arbeit«, greift Schatzhauser bestens gelaunt nach seinem Mantel und Oesterle folgt ihm auf dem Fuß.

32

Ein groß gewachsener Mann, mit Bürstenschnitt betritt das Büro des abgelegenen Bauernhauses in Dörlinbach, in dessen Hinterhaus sich Keller und Lagerräume für die gefälschten Weine befinden. Hinter dem Schreibtisch sitzt Scheffler und blättert in irgendwelchen Papieren.

»Alles erledigt.« Der Mann spricht mit leicht russischem Akzent und übergibt Scheffler eine braune Aktentasche.

Dieser öffnet sie und nimmt einen Aktenordner heraus. Der Ordner ist mit ›Scheffler-Förderungen 2010-2013‹ beschriftet. Hat es irgendwelche Schwierigkeiten gegeben?«, will er wissen.

»Keine Schwierigkeiten«, bekommt er zur Antwort.

»Gute Arbeit, wenn wir dich wieder brauchen, geben wir dir Bescheid.« Er nimmt ein Kuvert aus der Schreibtischschublade und überreicht dieses dem Angesprochenen.

Dieser schaut hinein, lässt die sich darin befindlichen Geldscheine an seinem Daumen entlang gleiten, um sie zu zählen, nickt dann leicht mit dem Kopf und verlässt den Raum ohne ein weiteres Wort.

Scheffler lehnt sich auf seinem Stuhl zurück. »Gut, dass wir solche Leute haben«, brummt er leise vor sich hin. »Gerade wenn es eng wird, sind sie unentbehrlich. So auch jetzt wieder. Da werden keine Fragen gestellt, da wird der Auftrag schnell und präzise ausgeführt ohne Spuren zu hinterlassen so wie bei dem Toten in Grafenhausen, der auf eigene Faust Geschäfte machen wollte. Das kann sich eine Organisation wie die unsere nicht erlauben. Solche Eigenwilligkeiten müssen schon im Ansatz erstickt werden. Man sieht ja, was dabei herauskommt. Hoffentlich bekommen die früh genug die Flaschen aus den Regalen.«

Natürlich hatte er am Morgen den Artikel in der Zeitung gelesen. Er wusste sofort, es wird eng. Er wollte nur noch abwarten, wie die Sache mit Deuster ausgegangen ist und die Rücknahme der Weine organisieren, um danach die Zelte hier so schnell wie möglich abzubrechen. Schon vor einiger Zeit hatte er dafür die nötigen Vorkehrungen getroffen. Jetzt, da Deuster tot ist und sich die Aktentasche des Toten mit den Beweisen für die unlauteren Machenschaften in seinem Besitz befindet, hält ihn hier nichts mehr. »Die Sache ist überreizt«, murmelt er leise, nimmt den Ordner aus der Aktentasche, geht nach draußen und verbrennt alles in einem kleinen Ofen. Dann griff er nach seinem Handy.

33

Oesterle stoppt den Wagen vor dem Discounter. Er und Schatzhauser steigen aus und machen sich auf den Weg zu der Weinabteilung. Dort erwartet man sie schon. Neben einem der Bereitschaftspolizisten steht ein Angestellter. Der Polizist informiert Schatzhauser, dass dieser Angestellte Flaschen verschiedener Sorten aus dem Regal geräumt hat, und zeigt dabei auf einen Hubwagen, auf dem sich eine Palette befindet. Oesterle nimmt sein Smartphone zur Hand. Er hat dort alle infrage kommenden Weine aufgelistet. Diese vergleicht er jetzt mit denen in der Palette. »Identisch«, ist sein kurzer Kommentar.

Schatzhauser wendet sich nun direkt an den Angestellten und fragt, wann er, von wem den Auftrag bekommen habe, die Flaschen aus den Regalen zu entfernen.

»Noch bevor wir heute Morgen geöffnet haben, bekam ich die Anweisung von unserem Filialleiter«, erfährt er.

»Hat er einen Grund für diese Aktion angegeben?«, fragt Schatzhauser weiter.

Der Angestellte verneint. Das sei auch nicht üblich, meint er.

»Wo finde ich denn den Filialleiter?«, will Schatzhauser wissen.

Der Mitarbeiter zeigt den Gang entlang auf den Bürotrakt. »Zweite Tür rechts.«

Schatzhauser bedankt sich und bittet den Angestellten, den Vorfall vorerst für sich zu behalten. Dann machen er und Oesterle sich auf den Weg zu den Büros. Als auf ihr Klopfen ein »Herein« ertönt, treten sie ein. Sie stellen sich vor. Oesterle beobachtet den Filialleiter aufmerksam.

Dieser zeigt sich überrascht, fragt, was vorgefallen sei und wie er helfen könne. Seine Reaktion deutete nicht darauf hin, dass er wusste, worum es geht. Schatzhauser hält sich auch gar nicht lange mit der Vorrede auf und will wissen, aus welchem Grund die Flaschen aus den Regalen geräumt werden sollten.

»Heute Morgen rief mich der Bereichsleiter an und sagte mir, dass in bestimmten Sorten Trübungen in einzelnen Flaschen festgestellt wurden. Man wolle kein Risiko eingehen und deshalb die ganze Charge aus dem Verkehr nehmen«, berichtete der Filialleiter.

»Wer entscheidet eigentlich bei Ihnen darüber, welche Weine ins Sortiment genommen werden?«, bohrt Schatzhauser weiter.

»Wir haben extra geschulte Leute, die sich in diesem Sektor auskennen, die die Weine aussuchen und mit den Anbietern die Verhandlungen führen«, gibt der Filialleiter Auskunft. Er selbst habe mit diesen Entscheidungen nichts zu tun. Sobald die Entscheidung gefallen sei, würden die Weine in jeder Filiale stehen. Er habe sich strikt an die Anweisungen gehalten.

Schatzhauser klärt den Filialleiter auf und fordert ihn auf, die infrage kommenden Weine alle aus den Regalen zu entfernen, sie an geeigneter Stelle zwischenzulagern und über die jetzige Aktion Stillschweigen zu bewahren. Sollte von oben nachgefragt werden, ob er seinen Auftrag ausgeführt hätte, solle er sagen, dass alles in Ordnung sei. Dann verlangt er von ihm alle relevanten Daten über den Bereichsleiter und den Chefeinkäufer. Er erfährt, dass dieser in Offenburg wohnt. Oesterle und Schatzhauser bedanken sich bei dem Leiter der Filiale für seine Auskunft und versprechen ihm, baldigst darüber Auskunft zu geben, was mit den beschlagnahmten Weinen passieren soll. Sie verlassen die Filiale. Oesterle gibt dem Leiter der Bereitschaftspolizei Anweisung, das Haus des Chefeinkäufers zu beobachten und eventuelle Aktivitäten zu melden.

»Fridolin, wenn diese Filialleiter nicht selbst entscheiden können, was in die Regale kommt, haben wir eine Menge Arbeit gespart, da es den Kreis der Verdächtigen deutlich eingrenzt. Vielleicht bleiben am Schluss nur zwei oder drei Personen übrig, das vereinfacht die Sache ungemein.«

Oesterle ist der gleichen Ansicht und schlägt vor, sich mit den Leitern der noch zu überprüfenden Discountläden kurzzuschließen und sie zum Stillschweigen zu veranlassen, damit von dort aus nichts weiter nach oben dringt. Außerdem könne man dann die Polizisten dort abziehen. Schatzhauser ist einverstanden und Oesterle veranlasst alles Nötige. Sie fahren zurück ins Präsidium.

34

»Haben Sie die Weine alle aus dem Verkehr gezogen?« Scheffler schaut fragend in die Runde.

Die Angesprochenen nicken. Eine Sechserrunde hat sich im Nebenzimmer eines kleinen Restaurants in Lahr getroffen und beratschlagt die weitere Vorgehensweise. Neben Scheffler sind fünf Vertreter führender Discounter sowie der Vertriebschef einer großen Kellerei mit am Tisch.

»Es wird eng, meine Herren«, ergreift Scheffler wieder das Wort. »Die Sache muss schnell und reibungslos über die Bühne gehen. Sobald alle betroffenen Weine aus den Regalen entfernt und auf Paletten verstaut sind, kommen wir und holen diese ab. Dann ist so lange Ruhe, bis Gras über die Sache gewachsen ist.«

Betretenes Schweigen in der Runde. Bisher haben alle an den Geschäften gut verdient. Das war nun vorbei. Einer aus der Runde will wissen, ob man was zu befürchten habe. Scheffler verneinte und meinte, wenn die Weine verschwunden seien, gäbe es auch keine Beweise mehr. Die Herren beruhigten sich wieder etwas.

»Sollte es dazu kommen, dass wir die Geschäfte so oder in einer anderen Art wieder aufnehmen, gebe ich Ihnen Bescheid. Im Moment brechen wir jeglichen Kontakt ab. Das wäre vorerst alles. Bewahren Sie Ruhe und Stillschweigen, dann passiert auch nichts.« Scheffler steht auf und verabschiedet sich.

Die Runde löst sich langsam auf.

35 Im Präsidium überschlagen sich mittlerweile die Ereignisse. Kaum sind Schatzhauser und Oesterle eingetroffen, betritt die Sekretärin das Büro und berichtet, dass die Kollegen in Ettenheim das Auto von Deuster abgeschlossen auf dem Parkplatz im Rohanhof gefunden hätten. Außerdem habe sie, wie ihr aufgetragen wurde, Erkundigungen über Deuster eingezogen. Er lebe allein in einer Eigentumswohnung in Lahr. Hat ein geregeltes Einkommen, allerdings auch nicht unerhebliche Schulden bei der Bank, die er regelmäßig abträgt. Außerdem, so habe sie von der Bank erfahren, habe Deuster vor Jahren einhundertfünfzigtausend Euro bei einer Immobiliengeschichte verloren. Das hat mich stutzig gemacht und ich habe die Sache weiter verfolgt, so die Sekretärin. Der Kreditbeauftragte der Bank erzählte mir, dass Deuster von einem Freund reingelegt worden sei und Anzeige gegen diesen erstattet habe. Dies bestätigen diesbezügliche Notizen in den Polizeiakten. Der Fall wurde allerdings eingestellt, da Freund und Geld nirgends aufzutreiben waren. Auffällig ist auch, dass seit drei Jahren in unregelmäßigen Zeitabständen höhere Geldbeträge auf sein Konto eingezahlt worden sind.«

»Weiß man, woher das Geld kommt?«, will Schatzhauser wissen.

»Nein, die einzelnen Beträge in Höhe von knapp unter tausend Euro wurden jedes Mal per Barüberweisung von verschiedenen Bankinstituten aus an Deuster überwiesen; Genaueres könne man mir nicht sagen. Alles in allem kamen so in den drei Jahren etwa über achtzigtausend Euro zusammen.«

»Alle Achtung«, kann Schatzhauser sein Erstaunen nicht verbergen. »Da bin ich jetzt aber neugierig, was unsere

Recherchen im Regierungspräsidium in Freiburg morgen ergeben werden. Gute Arbeit Frau Richter. Ich habe aber noch einen Auftrag für Sie. Ich brauche die Adressen von denjenigen, die bei den einschlägigen Discountern für den Einkauf von Weinen zuständig sind. Es ist eilig, denn es besteht die Gefahr, dass sich diese Leute absetzen.«

»Wird erledigt.« Die Sekretärin verabschiedet sich.

Schatzhausers Handy klingelt. Der Kollege, der das Haus in Offenburg beobachten soll, ist dran. Gerade sei ein Wagen vorgefahren. Ein Mann sei ausgestiegen und habe das Haus betreten. »Vielen Dank, Kollege, wir machen uns auf den Weg. Warten Sie bitte, bis wir da sind.« Schatzhauser beendet das Gespräch.

»Auf Frodo, jetzt geht's ans Eingemachte«, greift er nach Mantel und Hut, »alles Weitere dann unterwegs.«

Frodo folgt ihm, immer noch leicht humpelnd. Nur langsam bessert sich der Zustand seines lädierten Beines. Bei jeder plötzlichen und ruckartigen Bewegung spürt er aber die Verletzung noch. Aber auch das wird sich geben, so der zuständige Arzt. Sie fahren nach Ettenheim zum dortigen Polizeirevier. Dort holen sie sich den Schlüssel für Deusters Auto ab und lassen sich erklären, wo es steht. In wenigen Minuten sind sie dort. Sie schließen den Wagen auf und streifen sich die Handschuhe über.

»Frodo, ruf Walter an, er soll mit seiner Mannschaft anrücken und das Auto gründlich untersuchen.«

Oesterle lässt sich mit dem Leiter der Spurensicherung verbinden. Schatzhauser sieht die Plastiktüte auf dem Rücksitz des Autos, nimmt diese an sich, zieht ein Bündel Papiere raus und blättert darin. »Schau mal, was wir hier haben, Fridolin«, wedelt Schatzhauser Oesterle mit den Papieren vor dem Gesicht herum.

Oesterle überfliegt die Akten und pfeift durch die Zähne. »Ich glaube, ich denke gerade das, was du auch denkst, Leopold«, schaut er Schatzhauser an.

»Was denk ich denn?«, fragt dieser grinsend. »Dass wir den Beweis gefunden haben, weshalb Deuster umgebracht wurde.«

»Sie mal an, dann habe ich ja richtig gedacht«, nimmt Schatzhauser immer noch grinsend die Papiere wieder an sich. »Die werten wir im Präsidium aus. Das läuft uns nicht davon. Viel wichtiger ist jetzt unser Besuch in Offenburg, wo der Kollege das Haus bewacht, in dem sich einer unserer Verdächtigen aufhält. Da müssen wir am Ball bleiben. Ich hab so ein komisches Gefühl, dass jetzt ein paar Leuten der Boden unter den Füßen zu heiß wird und sie sich absetzen wollen. Dem müssen wir zuvorkommen.«

Zwischenzeitlich ist die Spurensicherung eingetroffen und beginnt mit der Untersuchung des Wagens. Schatzhauser und Oesterle fahren zu besagter Adresse nach Offenburg. Auf dem Weg dorthin holen sie jedoch im Präsidium die Expertisen der gefälschten Weine, die ihnen der Leiter der Weinkontrolle vorbeigebracht hat.

36

Zehn Minuten später parken sie ihren Wagen in unmittelbarer Nähe der Wohnung und gehen den Rest des Weges zu Fuß. Auf der gegenüberliegenden Straße sehen sie den Kollegen, der die Wohnung beobachtet in seinem Auto sitzen. Sie gehen zu ihm. Dieser dreht die Scheibe runter, zeigt auf das Haus, das er beobachtet, und gibt Auskunft über die gesuchte Person. Sie erfahren, dass es sich um einen Franz Mayer handelt und dieser allein in dem Einfamilienhaus Nummer 79 wohnt. Schatzhauser bedankt sich bei dem Polizisten und bittet ihn, so lange da zu bleiben, bis sie beide entweder in Begleitung Mayers oder ohne wieder aus dem Haus kommen. Der Beamte nickt.

Oesterle und Schatzhauser gehen zu dem Haus und klingeln. Aus der Sprechanlage tönt ein »Wer ist da?«

»Die Poooooost, Herr Mayer, ein Einschreibebrief für Sie.« Ganz leicht kommt diese freche Lüge aus dem Mund Oesterles. Schatzhauser grinst. Der Summer tönt und beide treten ein. Eine Tür im Erdgeschoss öffnet sich und heraus tritt ein Mann.

»Sind Sie Herr Mayer?«, fragt Oesterle.

Dieser nickt und wundert sich, dass zwei Personen im Flur stehen.

»Aber Sie sind doch nicht.«

»Schatzhauser und Oesterle zeigen dem Mann ihre Ausweise und stellen sich vor. »Entschuldigen Sie die kleine Notlüge, aber hätten Sie uns auch reingelassen, wenn wir gesagt hätten, wer wir sind?«

»Aber, aber natürlich.« Die Verlegenheit steht dem Mann im Gesicht geschrieben. Er stottert leicht und seine Bewegungen werden fahrig. Schatzhauser registriert dieses Gebaren und denkt sich seinen Teil. Sie betreten die luxuriös eingerichtete Wohnung, in der vom protzig großen Flachbildfernseher über eine hypermoderne Stereoanlage bis hin zu der sichtbar teuren Ledersitzgruppe alles vorhanden ist. Schatzhauser lässt seinen Blick umherschweifen.

»Geht es Ihnen gut, Herr Mayer?«, will er wissen. Dieser schaut ihn kopfschüttelnd an und bejaht die Frage. »Das freut mich.« Schatzhauser setzt sich auf einen der schwarzen Ledersessel. »Wir haben ein paar Erkundigungen über Sie eingezogen, Herr Mayer und erfahren, dass Sie für den Weineinkauf ihrer Firma zuständig sind. Ist das korrekt?«

Wieder nickt Mayer und setzt sich Schatzhauser gegenüber. Oesterle bleibt in der Nähe der Tür stehen. Man weiß ja nie.

»Ist es richtig, dass Sie heute Morgen die Filialleiter in einigen Filialen angerufen und diese gebeten haben, bestimmte Weine aus den Regalen zu entfernen?«

Mayer zuckt zusammen, seine Hände ballen sich so fest zu Fäusten, dass seine Knöchel weiß hervortreten. Tief sinkt er in den Ledersessel. »Wie kommen Sie darauf und wieso interessiert Sie das?«, will er wissen.

Schatzhauser geht nicht auf die beiden Fragen ein und bohrt weiter. »Wieso haben Sie denn die Weine entfernen lassen?«, will er wissen, obwohl er ahnt, dass sich Mayer gerade auf die Frage vorbereitet hat, aber er will ihn bei einer Lüge ertappen. Schnell, zu schnell nach seiner Ansicht, kommt denn auch die Antwort.

»Wir haben eine Trübung in den Flaschen festgestellt und uns entschlossen, sie aus unserem Angebot zu nehmen.«

»Eine Trübung also, bei zehn verschiedenen Sorten und sechs verschiedenen Anbietern, seltsam meinen Sie nicht auch?«

»Vielleicht durch die Lagerung oder den Transport«, sucht Mayer nach einer Ausrede.

»Herr Mayer, ist es nicht eher so gewesen, dass man Ihnen den Auftrag erteilt hat, diese Weine entfernen zu lassen?«

»Aber wieso sollte jemand? Ich bin dafür verantwortlich, ich allein.«

»Schön, Herr Mayer, dann tragen Sie auch die alleinige Verantwortung für all das, was daraufhin geschieht oder bereits geschehen ist.«

»Was ist denn geschehen?«

Schatzhauser lässt die Katze aus dem Sack. Er legt die Expertisen auf den Tisch. Mayer wird kreidebleich und sinkt in sich zusammen. Schnell hat er erkannt, dass ein Leugnen zwecklos ist. Jetzt gilt es nur noch den eigenen Hals aus der Schlinge zu ziehen.

»Herr Mayer«, die Stimme Schatzhausers ist immer noch gleichmäßig ruhig und freundlich. Nur mischt sich jetzt eine kleine Spur Zynismus hinein, »geht es Ihnen nicht gut, sie sehen etwas blass aus.«

Er berichtet Mayer von den Untersuchungen der Weinkontrolle, davon, dass man die Filialen verschiedener Discounter observiert und die gefälschte Ware sichergestellt hat. Bisher sei davon allerdings noch nichts nach außen gedrungen. Dann wird seine Stimme plötzlich schärfer, ja fast hart, und sein Gegenüber zuckt zusammen. »Bevor Sie sich jetzt in Widersprüche verwickeln und mir weitere Lügen auftischen, möchte ich Ihnen in Erinnerung rufen, dass wir von der Mordkommission sind. Mord, Herr Mayer. Das ist ein anderes Kaliber als diese Betrugssache. Überlegen Sie also genau, was Sie jetzt sagen.«

Wie ein Häufchen Elend sitzt Mayer im Sessel. Er schlägt die Hände vors Gesicht. Dann schüttelt er heftig den Kopf und stottert immer wieder: »Mit Mord hab ich nichts zu tun.«

Schatzhauser wartet, bis dieser sich etwas beruhigt hat. Seine Stimme ist nun weicher und zugewandter. »Das würden wir Ihnen ja gerne glauben, Herr Mayer, aber dafür brauchen wir Fakten. Wir haben vor Wochen einen Toten in einem Maisfeld in Kappel-Grafenhausen gefunden. Wie sich herausstellte, hat dieser Tote für eine Firma gefälschte Weine vertrieben. Wir nehmen an, dass dabei etwas passiert ist, was dazu geführt hat, dass man ihn ermordete. Was wir von Ihnen wissen wollen ist, wer ist außer Ihnen noch in diese Geschichte verwickelt und wer steckt dahinter. Dass diese Hintermänner nicht lange fackeln, zeigt ein zweiter Mord vor einigen Tagen, der sehr wahrscheinlich auch, auf deren Rechnung geht. Vielleicht sind Sie oder einer Ihrer Kollegen die Nächsten auf der Liste. Wenn Sie mit uns kooperieren, kann sich das für Sie nur günstig auswirken.«

Die Stimme Mayers klingt brüchig ja fast ängstlich, als er antwortet: »Das habe ich doch alles nicht gewusst. Ich wollte mir doch nur ein paar Euro nebenbei verdienen. Alles schien so einfach. Jemand lieferte die Weine bestimmter Marken und ich bekam einen Anteil von zehn Prozent, genau wie die anderen fünf Kollegen. Wir trafen uns einmal im Monat mit dem Vertreter der Firma und handelten die Preise aus.«

Schatzhauser unterbricht ihn. »Diejenigen, die mit von

der Partie waren, sind genau wie Sie, Herr Mayer, in Lebensgefahr. Sagen Sie uns die Namen, damit wir sie warnen können. Mayer zögert ein wenig, gibt aber dann Namen und Adressen preis.

»Frodo, ruf Frau Richter im Präsidium an, gib ihr die Namen und Handynummern durch und sag ihr, sie soll all diese Personen aufs Präsidium bestellen für morgen früh neun Uhr. Sage ihr auch, es sei dringend und sie solle denen begreiflich machen, dass es eventuell um Leben und Tod ginge.«

Frodo nickt und greift nach seinem Handy. Schatzhauser wendet sich wieder Mayer zu. »Wer sind die Hintermänner, wer hat die Weine geliefert, Herr Mayer? Wir brauchen nähere Hinweise, sonst kommen wir nicht weiter.« Eindringlich redet Schatzhauser auf ihn ein.

»Er hat sich nie vorgestellt; keine Namen hat er immer wieder gesagt. Außer unserem monatlichen Treffen wurde alles übers Handy geregelt.

»Dann haben Sie ja die Handynummer«, freut sich Schatzhauser, »das ist doch schon etwas.«

»Er hat allerdings die Nummer von Zeit zu Zeit geändert«, gibt Mayer zu verstehen, nimmt sein Handy aus der Tasche und sucht die betreffende Nummer heraus.

Schatzhauser speichert sie auf seinem Handy. »Wir rufen jetzt nicht an, sonst hat er genügend Zeit sich abzusetzen. »Ist Ihnen denn an der Person irgendetwas Besonderes aufgefallen?«, fragt Schatzhauser weiter.

»Ein kleiner Ring am rechten Ohr, sonst fällt mir nichts ein, eigentlich sah er ganz normal aus.«

»Wo kam denn die Ware her; das kann doch nicht alles unbemerkt passiert sein. Das waren doch beträchtliche Mengen.«

Mayer zuckte die Schultern. »Wir haben angerufen, wenn wir Nachschub brauchten oder er hat angerufen, wenn er ein neues Angebot für uns hatte.«

»Wie lange hat es denn gedauert vom Anruf bis zur Lieferung?«

»Nur in Ausnahmefällen dauerte es länger, in der Regel war der Wein am nächsten Tag da«, erinnert sich Mayer.

»Das würde sich mit unserer Annahme decken, dass sich ein Lager in der Nähe befindet«, warf Oesterle immer noch an der Tür stehend ein. »Das bringt uns aber auch nicht entscheidend weiter«, meinte Schatzhauser und versuchte einmal einen Schuss ins Blaue. »Sagt Ihnen der Name Scheffler irgendetwas?«

Mayer überlegt und schüttelt den Kopf. Dann aber hebt er den Kopf, so als ob ihm doch noch etwas eingefallen wäre. »Fast hätte ich es vergessen, aber als wir uns heute Morgen trafen, haben wir ausgemacht, dass die betreffenden Weine auf Paletten gestapelt werden sollen und dann von der Firma abgeholt werden.«

Schatzhauser hält es nicht mehr auf seinem Sessel. »Na das ist doch was«, kommentiert er diese gute Nachricht und will wissen, wann denn die Ware abgeholt werden soll.

»Heute Nacht um zweiundzwanzig Uhr. Ich soll selbst anwesend sein. Auch die Weine in den anderen Filialen sollen in dieser Nacht abgeholt werden.«

»Dann haben wir ja noch ein wenig Zeit zur Vorbereitung«, meinte Schatzhauser. »Herr Mayer«, gab Schatzhauser erste Anweisungen, »dass Sie sich zumindest wegen schweren Betrugs schuldig gemacht haben, steht außer Zweifel, aber wir werden ihre Kooperationsbereitschaft lobend erwähnen. Jetzt geht es darum, zwei Morde aufzuklären, und Sie können uns insoweit dabei helfen, dass alles so abläuft wie abgemacht. Dies teilen Sie jetzt auch Ihren Kollegen mit in dem Sie sie anrufen und ihnen die Situation schildern. Die Hintermänner dürfen keinen Verdacht schöpfen, sonst ist unsere erste richtig heiße Spur wieder verwischt.«

Mayer nickt ergeben. Fast tut er Schatzhauser ein wenig leid. Wie oft hat er schon erlebt, dass jemand auf schnelle, illegale Art Geld verdienen will. Vermeintlich scheint es leicht und ohne großes Risiko. Dann aber, ohne eigenes Zutun läuft auf einmal alles total aus dem Ruder, wächst einem alles über den Kopf und man weiß nicht mehr aus noch ein. Gut, wenn man dies noch früh genug merkt, die Reißleine zieht und polizeilichen Beistand sucht, bevor es wie hier um Mord und Totschlag geht.

Er schaut Mayer ernsthaft an. »Vielleicht konnten wir noch rechtzeitig eingreifen; hoffen wir, dass alles noch ein gutes Ende nimmt, wenn man bei zwei Morden überhaupt davon reden kann.«

Mayer senkt beschämt den Kopf. Schatzhauser steht auf und schaut Mayer noch einmal ernsthaft an, bevor er sich verabschiedet. »Sie haben mich verstanden, Herr Mayer, alles läuft ab wie geplant. Sie sind pünktlich und erwarten den Lkw oder Lieferwagen, der die Weine abholt. Wir verfolgen diesen unauffällig und schauen, wo der Wein abgeladen wird. Und kommen Sie mir nicht auf falsche Gedanken, von wegen abhauen und so, wir finden Sie und dann können Sie die strafmildernden Umstände vergessen.«

Er reicht Mayer die Hand. Dieser ergreift sie, immer noch schuldbewusst, und verspricht Schatzhauser, morgen früh zusammen mit den anderen Kollegen im Präsidium zu erscheinen.

Oesterle ist während des Zwiegesprächs zwischen Meyer und Schatzhauser schon aktiv geworden und hat aufgrund der Aussage Meyers die Kollegen der Bereitschaft angerufen. Diese sollen unbemerkt die vier infrage kommenden Filialen überwachen und sobald sich dort etwas tut, Mitteilung geben. Er und Schatzhauser hingegen wollen zusammen mit Meyer dessen Filiale überwachen.

Meyer ruft unterdessen seine ›Mitwisser‹ an, um sie über den Stand der Dinge zu informieren. Er redete eindringlich auf sie ein, den Anweisungen der Polizei zu sorgen. »Es geht um Mord«, hört man ihn mehrfach sagen. Nachdem er alle angerufen hat, schaut er Schatzhauser an und nickt leicht mit dem Kopf. »Alle machen mit.«

»Sehr gut, jetzt heißt es abwarten«, quittiert Schatzhauser dessen Aussage.

37

Die Geduld eines jeden wird auf eine harte Probe gestellt. Vor dreiundzwanzig Uhr tut sich nichts. Dann kommt der erste Anruf. Ein weißer Lieferwagen mit dem Kennzeichen OG-HH-675 passiere die Hofeinfahrt des Discounters und fahre in Richtung Getränkeannahme, erfahren sie von einem beobachtenden Kollegen.

»Halten Sie sich zurück, und lassen Sie die Leute die Weine einladen. Dann verfolgen Sie den Wagen in gebührendem Abstand bis zur nächsten Filiale. Sollte er keine weitere Filiale aufsuchen, bleiben Sie hinter ihm und informieren uns, wohin der Wagen fährt«, weist Schatzhauser den Kollegen an.

»Es geht los, Leute. Frodo. Irgendwann wird der Wagen auch hier auftauchen und die Weine abholen. Komm, wir lassen Herrn Meyer jetzt in seinem Büro alleine und beobachten das weitere Geschehen aus unserem Wagen. Wenn der Lieferwagen hier vom Hof fährt, folgen wir ihm. Sie, Herr Meyer, unternehmen weiter nichts. Wir sehen uns dann wie ausgemacht morgen früh im Polizeipräsidium in Offenburg.«

Sie lassen Meyer allein und machen sich auf den Weg zu ihrem Wagen auf dem Parkplatz des Discounters. Sie stellen dann den Wagen so, dass sie das Getränkeauslieferungslager im Blick haben, ohne selbst entdeckt werden zu können.

»Wenn wir nur wüssten, wo die hinfahren Fridolin, dann

wäre mir wohler. So ist alles in der Schwebe, man kann keine Vorbereitungen treffen und muss spontan reagieren«, äußert Schatzhauser seine Bedenken.

»Da sind sie Täter uns gegenüber sicherlich im Vorteil, Leopold aber wir haben das Überraschungsmoment auf unserer Seite. Die Täter wissen nicht, dass sie überwacht werden.«

»Richtig Frodo, aber sie kennen das Terrain, auf dem sie sich bewegen. Vielleicht haben sich die Hauptübeltäter schon im Vorfeld diverse Fluchtwege zurechtgelegt, die sie, wenn es eng wird, ohne große Vorbereitung nutzen können. Wir hingegen müssen ständig auf das reagieren, was wir antreffen. Alleine schaffen wir das ohnehin nicht. Doch wenn alle Kollegen der Bereitschaft mit ihren Wagen dem Lieferwagen folgen, ist das Risiko bemerkt zu werden groß.«

Oesterle teilt die Bedenken seines Chefs. »Spielen wir doch das Szenario einfach gedanklich einmal durch, vielleicht können wir dann ein paar Risikofaktoren ausschließen.«

»Ich höre«, fordert Schatzhauser Oesterle auf, mit seinen hypothetischen Überlegungen zu beginnen.

»Gehen wir einmal von unserer Annahme aus, dass die Weine irgendwo zwischen Lahr und Offenburg gelagert werden. Wenn dem so ist, reden wir von einem Umkreis von ungefähr dreißig Kilometern. Es ist nicht zu erwarten, dass sich das Lager oder was es auch immer ist, mitten in der Stadt befindet. Das wäre sicherlich zu auffällig. Eher vermute ich, dass es abseits liegt, dort, wo ein ungestörtes Agieren möglich ist. Wenn wir also dem Wagen folgen und die Kollegen sich ständig fünf bis zehn Kilometer von uns entfernt halten, könnten diese immer noch schnell genug vor Ort sein, da, wenn der Lieferwagen mit seiner Ladung vor Ort ist, die Ware ja noch abgeladen und verstaut werden muss. Das nimmt Zeit in Anspruch. Genügend Zeit, die Kollegen dann herzubeordern und den, nennen wir ihn

Tatort, einzugrenzen und abzusichern. Sollte es uns nicht gelingen, die Täter direkt vor Ort dingfest zu machen, können wir immer noch durch Straßensperren die Ausfallstraßen blockieren. Wir sollten auch davon ausgehen, dass neben dem oder den Fahrern des Lieferwagens, die sicherlich in der Hierarchie eine untergeordnete Rolle spielen, sich wenigstens noch einer oder mehrere der Haupttäter vor Ort befinden, um alles zu koordinieren. Wir müssten also von mindesten drei bis fünf Personen ausgehen. Es könnte außerdem auch zum Schusswechsel kommen. Deshalb sind Schutzwesten unbedingt anzulegen. Wenn es so oder so ähnlich ablaufen sollte, bräuchten wir mindestens zehn Mann für den Zugriff.«

Beifälliges Nicken Schatzhausers zeigt an, was er von den Äußerungen Oesterles hält. »Ich hätte die Lage nicht besser beurteilen können, Fridolin«, folgt dann auch das mündliche Lob. »Informiere die Bereitschaftskollegen und gib die entsprechenden Anweisungen«, fordert er Oesterle auf. »Hoffentlich geht die ganze Sache glimpflich über die Bühne.«

Leise und eher zu sich selbst äußert er diesen verständlichen Wunsch. »Wird schon schiefgehen, Leopold.«

Nicht, dass sich Oesterle auf das, was kommt, freut, aber er sieht es nicht ganz so skeptisch wie sein Chef.

Dieser ist eher der Columbo, der durch kluge Kombination eine Sache zur Lösung führt und nicht durch gewagte oder gar unüberlegte Aktionen von sich reden macht. Die Sicherheit zuerst, war und ist sein Motto und das Vermeiden von unkalkulierbaren Risiken genießt bei ihm oberste Priorität. Auch Oesterle ist kein rigoroser Draufgänger, aber er weiß auch, dass in manch ungewöhnlichen Situationen ein ungewöhnliches Handeln notwendig ist und dort ein Zögern eher zum Scheitern als zum Erfolg führt. In Anbetracht dessen, ist es sicherlich von Vorteil, dass sich jugendliche Tatkraft und die Besonnenheit des Alters vereinen und der eine vom anderen profitiert. Bewusst hält sich Schatzhauser eher bei dieser Aktion im Hintergrund und überlässt seinem jungen Kollegen die Führung. Nicht nur dieses Sich-Bewusst-Zurückhalten macht die gut funktionierende Zusammenarbeit von Schatzhauser und Oesterle aus. Es ist das Wissen von beiden um die Stärken und Schwächen des jeweils anderen. Ein Geben und Nehmen. Das schließt gelegentliche Kritik ebenso wenig aus, wie ein bewusstes Annehmen von Vorschlägen oder Anweisungen, wenn man davon überzeugt ist, dass der Andere recht hat. Niemals hat dabei Oesterle das Gefühl, dass Schatzhauser den Chef rauskehrt, im Gegenteil. Sie agieren auf gleicher Augenhöhe. Nicht selten lässt Schatzhauser seinen jungen Kollegen eigenverantwortlich agieren.

»Verantwortung übernehmen muss man lernen«, pflegt er in dieser Hinsicht zu sagen. Nur wer bewusst Verantwortung übernimmt, ist auch in der Lage und bereit die Konsequenzen aus seinem Handeln zu ziehen, auch wenn diese negativer Natur sind.«

Oesterle freut sich, wenn er nicht nur Anweisungen entgegennehmen muss, sondern wie eben, seine eigenen Gedanken und Vorstellungen äußern darf und kann. All das hat dazu geführt, dass Schatzhauser und er nicht nur Kollegen, sondern trotz des großen Altersunterschiedes Freunde geworden sind und sich diese Freundschaft nicht nur auf das berufliche beschränkt, sondern sich bis in den Alltag hinein erstreckt. Auch privat haben sie sich kennen und schätzen gelernt, wodurch sich das Verständnis füreinander und die Bindung untereinander sehr gefestigt hat. Mittlerweile ertappen sich beide des Öfteren dabei, dass sie auch ohne Worte kommunizieren können und wenn sie merken, dass der Eine das ausspricht, was der Andere gerade denkt, führt das nicht selten zu belustigtem Grinsen auf beiden Seiten.

38 Die Anspannung ist beiden anzumerken. Hier geht es nicht bloß darum, einen Dieb in flagranti zu erwischen, sondern um ein Unterfangen weitaus gefährlicheren Ausmaßes. Dass diejenigen, die zwei Morde zu verantworten haben, vor nichts zurückschrecken, ist beiden klar. Solche Leute haben nichts mehr zu verlieren.

Ein Geräusch lässt sie aus ihren Überlegungen fahren. Die Neonlichter auf der Rampe des Auslieferungslagers leuchten auf. Besagter weißer Lieferwagen nähert sich und fährt rückwärts auf die Rampe zu. Zwei Männer steigen aus. Beide dunkel gekleidet mit einer Wollmütze auf dem Kopf. Der eine öffnet die Heckklappe des Wagens. Der andere schwingt sich auf die Rampe und verschwindet in dem Getränkedepot. Schatzhauser blickt sich um. Von den Kollegen ist weit und breit nichts zu sehen.

»Gut«, murmelt er leise vor sich hin.

Ein Gabelstapler kommt aus dem Getränkedepot beladen mit einer Palette voller Flaschen. Dann verschwindet er wieder in der Halle, um kurz darauf mit einer zweiten Ladung wieder zu erscheinen. Es dauert keine zehn Minuten, dann sind beide im Lieferwagen verstaut. Meyer beobachtet das Ganze von der Rampe aus. Die beiden Fahren winken ihm kurz zu, bevor sie wieder einsteigen. Der Wagen verlässt den Hof, das Licht erlischt.

Oesterle folgt dem Lieferwagen in einem Abstand von circa zweihundert Metern. Schatzhauser stellt die Verbindung zu den Kollegen sicher und fordert diese auf, ständig in Bereitschaft zu bleiben. Der Lieferwagen fährt durch Lahr. Er hält sich strikt an die Verkehrsbeschränkungen. Nur nicht auffallen. In gebührendem Abstand folgt der Wagen von Schatzhauser und Oesterle. Die Fahrt geht quer durch Lahr auf der B415 in Richtung Biberach. Es geht langsam voran, da fast die gesamte Strecke als 30er-Zone ausgewiesen ist. Was als Privatfahrer oft mit Kopfschütteln und Ärger verbunden ist, hat jetzt den Vorteil, dass eine Verfolgung bei diesem geringen Tempo gut möglich ist.

»Sie fahren aus der Stadt raus, wie du vermutet hast, Fridolin, ein Risiko weniger«, bemerkt Schatzhauser, als der Lieferwagen auf der Bundesstraße bleibt und durch den Lahrer Stadtteil Kuhbach fährt. Erst am Kreisverkehr hinter Reichenbach verlässt er die B415 und fährt Richtung Seelbach. Auch auf der Landstraße ist ein schnelles Fahren nicht möglich, obwohl trotz später Stunde kaum mehr Verkehr ist. Mitternacht ist längst vorbei. Der Himmel ist sternenklar und der Mond taucht die Landschaft in sein silberhelles Licht. Immer weiter geht die Fahrt. Nach Seelbach und Wittelbach sind nur noch vereinzelte Höfe in ihren schattenhaften Umrissen zu erkennen. In Dörlinbach verlässt der Wagen die Landstraße und biegt rechts ab.

»Ich kenne die Gegend, Fridolin. Jetzt gibt's nicht mehr viele Möglichkeiten. Ich glaube, wir nähern uns dem Ziel.«

Jetzt geht es fast nur noch im Schritttempo voran. Schatzhauser gibt den Kollegen ihren Standort durch und bittet sie, in ›habt acht Stellung‹ zu bleiben. Am Rande des Dorfes verlässt der Lieferwagen die Straße und fährt auf einen Hof. Schatzhauser ordnet an, dass sich ein Einsatzwagen auf der Landstraße vor Seelbach postieren soll. Ein anderer an die Kreuzung zweier Landstraßen bei Schweighausen. Wenn die Täter mit dem Wagen flüchten wollen, ist dies nur auf dieser einen Landstraße möglich und somit können die beiden Sperren die Flucht mittels Auto vereiteln. Zwei weitere Wagen mit jeweils fünf Personen sollen vor Dörlinbach Posten beziehen, damit sie, wenn es zum Zugriff kommt, schnell präsent sind.

Schatzhauser und Oesterle steigen aus. Langsam und vorsichtig nähern sie sich dem Hof. Deutlich ist zu erkennen, dass es sich bei dem Gebäude um einen Bauernhof handelt. Die Umrisse des Hauptgebäudes, eines geräumigen Hofes sowie der Wirtschaftsräume sind im Schatten des Mondlichts schemenhaft wahrzunehmen. Jetzt gehen die Lichter an. Der Innenhof ist hell erleuchtet. Nicht schlecht, denkt Oesterle, denn von hellem Licht ins Dunkel zu schauen und dort was zu erkennen, ist schwierig. Ein kleiner Vorteil für sie. Beide haben sich hinter den beiden dickstämmigen Kastanienbäumen versteckt und beobachten aus sicherer Entfernung das Geschehen. Aus dem Hauptgebäude kommt ein Mann. Es ist Scheffler. Er spricht mit den beiden aus dem Lieferwagen. Einer steigt wieder ein und fährt rückwärts in Richtung des Wirtschaftsgebäudes. Dort öffnet er vom Wagen aus durch Knopfdruck ein großes Tor und steuert den Wagen in das Gebäude. Die andern gehen in das Hauptgebäude. Oesterle meint zu Schatzhauser gewandt, dass dies der richtige Moment zum Zugriff ist. Dieser nickt, und befiehlt den vor Dörlinbach postierten Beamten, sich dem Hof zu Fuß zu nähern. Wie angeordnet erscheinen in wenigen Minuten die Kollegen von der Bereitschaftspolizei.

»Wir haben es voraussichtlich mit drei Personen zu tun, eine befindet sich im Wirtschaftsgebäude, die andern beiden im Hauptgebäude«, schildert Oesterle den Beamten die Lage. »Drei Beamte postieren sich vor dem Eingangstor des Wirtschaftsgebäudes. Drei vor der Eingangstür des Hauptgebäudes. Zwei Beamte folgen mir ins Innere des Hauptgebäudes.«

Er wendet sich Schatzhauser zu. »Leopold, bist du damit einverstanden mit den übrigen zwei Beamten, Hof und Umfeld zu beobachten?«

Er nickt.

»Fridolin«, er legt seine Hand auf die Schulter Oesterles und schaut ihn besorgt an, »sei vorsichtig.«

»Du wirst mich schon noch eine Weile ertragen müssen«, versucht Oesterle es mit Sarkasmus.

Vorsichtig nähern sie sich dem Eingang des Haupthauses. Oesterle und seine Kollegen drücken sich eng an die Hauswand, um nicht Gefahr zu laufen, von den Verdächtigen bei einem Blick durchs Fenster gesehen zu werden. Ein Kollege von der Bereitschaftspolizei versucht, die Eingangstür, durch die die beiden Männer eben ins Haus verschwunden sind, zu öffnen, während Oesterle und der andere Polizist ihm Rückendeckung geben. Schneller und problemloser als erwartet, gelingt es ihm die Tür zu öffnen. Anscheinend haben die mutmaßlichen Täter die Tür nicht ins Schloss fallen lassen, weil sie noch auf ihren dritten Mann, der sich im Wirtschaftsgebäude befindet, warten. Mit gezogener Waffe betreten die Beamten das Haus. Die Diele ist hell erleuchtet. Stimmen sind zu hören. Sie kommen aus dem Zimmer an der Stirnseite der Diele. Leise und vorsichtig bewegen sich die Polizisten dorthin. Mit Gesten macht Oesterle deutlich, dass einer der Beamten vor der Zimmertür stehen bleiben soll. Der andere soll ihm, wenn er ein Zeichen gibt, ins Zimmer folgen.

Dumpf dringen Gesprächsfetzen aus dem Zimmer. Oesterle lauscht. Er hört irgendetwas von »letzter Aktion«, »untertauchen«, »zwei Tote sind genug.« Er nickt zufrieden. Dann gibt er dem Beamten das Zeichen.

Mit einem plötzlichen Ruck öffnet er die Tür und stürmt zusammen mit dem Kollegen ins Zimmer. »Polizei, keine Bewegung!«, schleudert er den völlig überraschten Männern entgegen. Oesterle, der wegen seines noch lädierten Beins noch nicht voll einsatzfähig ist, überlässt die grobe Arbeit seinen beiden Kollegen. Diese überwältigen die zwei Verdächtigen, während Oesterle sie mit seiner Waffe absichert.

»Sie sind beide vorläufig festgenommen. Sie werden des zweifachen Mordes sowie des schweren Betruges verdächtigt. Alles was sie jetzt sagen, kann vor Gericht gegen Sie verwendet werden«, klärt Oesterle die auf dem Boden liegenden Festgenommenen auf.

Immer noch sind die beiden viel zu perplex, um zu reagieren. Sie leisten keine Gegenwehr und befolgen die Aufforderung, langsam mit erhobenen Händen aufzustehen. Oesterle weist die Beamten an, beide auf Waffen zu untersuchen. Um Scheffler und seinen Komplizen abtasten zu können, müssen die Beamten ihre Waffen wieder ins Halfter stecken. Tatsächlich findet der eine Polizist beim Fahrer des Lieferwagens eine Waffe, die er umgehend an sich nimmt, sichert und Oesterle überreicht. Währenddessen untersucht der zweite Polizist Scheffler, tastet dessen Arme, Oberkörper und schließlich seine Beine ab und wird ebenfalls fündig.

Doch plötzlich geht alles ganz schnell. Viel zu schnell. In dem Moment, als Oesterle bemerkt, dass der Beamte vergessen hat, sein Waffenhalfter ordnungsgemäß wieder zu verschließen, nachdem er seine Waffe zurückgesteckt hatte, sieht auch Scheffler seine Chance und nutzt sie in Sekundenschnelle.

»Achtung! Waffe!«, will Oesterle schreien, aber zu spät! Bevor er seinen Kollegen warnen kann, passiert bereits das, was Oesterle im Bruchteil einer Sekunde zuvor befürchtet hatte: Scheffler greift nach der Waffe, schließt seine linke Hand um den Hals des Beamten und hält ihm die Waffe an die Schläfe. Ohne den Beamten in Lebensgefahr zu bringen, kann Oesterle nicht reagieren.

»Waffe runter!«, befiehlt Scheffler. »Los! Auf den Boden mit dir! Schön langsam! Und dann zu mir!«

Oesterle bleibt keine Wahl. Auch der andere Beamte, der Schefflers Komplizen gerade Handschellen angelegt hat, hat keine Chance zu reagieren. Osterle muss sich wohl oder übel den Anweisungen fügen. Er will mit einer langsamen Bewegung seine Pistole auf den Boden legen, um sie mit dem Fuß zu Scheffler zu schieben, als plötzlich mehrere Schüsse und ein Schrei alle fünf zusammenfahren lassen. Erschrocken dreht sich Scheffler nach rechts, um durch das

Fenster hinter ihm auf den Hof schauen zu können, von wo der Schuss gekommen war. Seine Hand mit der Waffe an der Schläfe des Beamten, neigt sich dabei leicht zur Seite.

Es sind die berühmten Sekundenbruchteile, die Oesterle schneller reagieren lassen, als Scheffler. Er hat seine Waffe noch nicht ganz aus der Hand gelegt. Er sieht die Bewegung Schefflers, registriert, dass der Kollege ganz kurz außer Gefahr ist, reißt seine Waffe hoch, zielt auf den Arm Schefflers und drückt ab. Dieser schreit, lässt die Waffe fallen und muss den Griff, mit dem er den Beamten hält, lockern. Dieser kann sich befreien. Sein Kollege dreht Scheffler den gesunden Arm auf den Rücken und legt ihm Handschellen an.

In diesem Moment stürmen Schatzhauser und die beiden Beamten ins Zimmer, ihren Kollegen zu Hilfe. Schatzhauser hat die Situation mit einem Blick erfasst und sieht, dass außer Scheffler keiner verletzt ist.

»Was ist passiert, Frodo?«, will er wissen.

»Er hat mir das Leben gerettet«, wirft der vorher mit der Waffe bedrohte Beamte ein. »Ich hab mich dämlich benommen und mich direkt in die Schussbahn gestellt.«

Oesterle erklärt Schatzhauser in kurzen, sachlichen Worten den Vorgang. Jetzt betreten auch die anderen Beamten mit dem in Handschellen gefesselten dritten Mann das Zimmer. Dieser humpelt und Blut sickert durch ein Loch in der Hose am rechten Oberschenkel.

Ordern sie einen Krankenwagen!«, gibt Schatzhauser Anweisungen. »Die beiden müssen behandelt werden.«

Er beauftragt, zwei Beamte zur Sicherheit mitzufahren.

»Soweit ich das auf den ersten Blick einschätzen kann, sind die Verletzungen nicht so schlimm. Die werden spätestens morgen früh wieder vernehmungsfähig sein.«

Dann wendet er sich Oesterle zu. Schatzhauser schaut ihn ernst an. Dann geht er auf ihn zu und umarmt ihn. »Mensch, Frodo!« Das hätte echt schlimm ausgehen können!«

»Sehr schlimm sogar, Leopold. Kaum auszudenken! Wenn draußen der Schuss nicht gefallen wäre, hätten wir jetzt sehr wahrscheinlich eine Flucht mit Geiselnahme und allem Drum und Dran.«

»Du hast großartig reagiert, trotz deines Beins! Ob ich das so gekonnt hätte und ob ich in der Situation so getroffen hätte, wage ich zu bezweifeln. Gut, dass du den Part übernommen hast!«

Fast wird Oesterle verlegen bei diesem Lob. Dann will er aber auch wissen, wieso da draußen ein Schuss gefallen ist.

»Ich habe es nur beobachtet«, so Schatzhauser. »Zwei der drei Beamten, die das Wirtschaftsgebäude überwachen sollten, haben beobachtet, wie der Fahrer des Lieferwagens die Paletten abgeladen hat. Als er damit fertig war, wollte er wieder in den Wagen steigen. Für den Beamten sah es so aus, als ob er sich aus dem Staub machen wolle. Deshalb gab er seine Deckung auf und rief ihm zu, stehen zu bleiben. Aber der Mann zögerte nicht lange, griff zur Waffe und schoss. Gott sei Dank traf er bei den diffusen Lichtverhältnissen nicht. Der zweite Beamte zögerte nicht lange, erwiderte das Feuer und traf den Fahrer in den Oberschenkel.«

»Auch da war eine gehörige Portion Glück im Spiel«, bemerkt Oesterle.

Blaues Licht zuckte durch die Nacht. Der Krankenwagen trifft ein. Die beiden Verletzten werden kurz ärztlich versorgt und sollen dann ins Klinikum nach Lahr gebracht werden. Schatzhauser gibt den zwei zur Bewachung abkommandierten Beamten letzte Anweisung. Beide Täter sollen nach der Behandlung in Gewahrsam bleiben und um zehn Uhr zu einer Gegenüberstellung zusammen mit den Filialleitern im Präsidium erscheinen.

»Es war ein langer Tag, Fridolin«, Schatzhauser wirkt müde und ausgebrannt.

»Fahr nach Hause, Leopold. Morgen früh musst du

wieder auf der Matte stehen, wenn es zur Gegenüberstellung kommt. Außerdem haben wir noch den Termin im Regierungspräsidium in Freiburg. Ich denke, da sollten wir gemeinsam hinfahren. Ich kümmere mich noch um den Unverletzten und sorge dafür, dass er in U-Haft kommt. Ich nehme unser Auto und du kannst dich von einem Kollegen nach Hause bringen lassen.«

»Danke Fridolin, wir sehen uns also morgen, gute Nacht.«

»Gute Nacht Leopold, bis morgen in alter Frische.«

»Alt stimmt, frisch nicht«, murmelt dieser leise vor sich hin und steigt mit einem der Beamten in den Wagen. In manchen Situationen merkt er doch, dass er schon sechzig Jahre auf dem Buckel hat. Oesterle gibt Anweisungen an die Kollegen von der Bereitschaft, den Unverletzten ins Präsidium zu bringen. »Dort bleibt er für den Rest der Nacht und wird morgen zusammen mit den anderen dem Haftrichter vorgeführt.«

Die Beamten steigen mit dem Täter in ihren Wagen und fahren vom Hof. Oesterle ist allein. Immer noch ist der Hof hell erleuchtet. Er schaut auf die Uhr. Dann nimmt er sein Handy aus der Tasche. Vier Nachrichten. Alle von Corinna. Als er und Schatzhauser vom Parkplatz wegfuhren, hatte er Corinna kurz angerufen und ihr gesagt, dass es spät werden könnte und ihr in kurzen Worten geschildert, was sie vorhaben.

»Sie hat sich Sorgen gemacht«, ist sich Oesterle sicher und fragt sich, ob er sie um drei Uhr nachts noch anrufen soll. Er drückt auf Rückruf- und hält sein Handy ans Ohr. Schon nach dem ersten Klingelton vernimmt er die aufgeregte Stimme Corinnas. Er kommt gar nicht dazu, etwas zu sagen, so sprudelt es aus hier heraus. Eine Mischung von Freude, Vorwürfen, Angst und Erleichterung.

»Es ist alles in Ordnung, mein Schatz«, beruhigt er sie. »Ich erzähle dir alles, wenn ich in einer Stunde bei dir bin.«

Wo er denn sei, will sie wissen. Er lächelt leicht. »Ich

stehe allein auf einem hell erleuchteten Bauernhof in Dörlinbach.«

»Waaas!?«

Er hält sein Handy etwas weiter weg vom Ohr, so laut tönt Corinnas Stimme. »Fridolin, was machst du da und wo ist Schatzhauser, was ist passiert?«

Jetzt kam er doch nicht umhin, in knappen Worten den Vorgang zu schildern. Ganz leise sind, danach Corinnas liebevoll besorgte Worte zu hören. Er soll nur langsam fahren, nichts überstürzen, damit nicht doch noch was passiert, mahnt sie. Es kommt nicht oft vor, dass die ansonsten resolute und burschikose Journalistin so zart und zerbrechlich wirkt. Aber Oesterle kennt sie mittlerweile gut. Seit über einem Jahr sind sie zusammen. Er weiß, seine Freundin kann hart und unerbittlich sein, wenn es um ihre Arbeit geht, um ihre Recherchen, um Wahrheitsfindung. Aber er kennt auch ihre zarte und mitfühlende Seite. Ihre Herzlichkeit und Hilfsbereitschaft, ihre Zuverlässigkeit. Es war ein Glücksfall, dass sie sich gefunden hatten. Das wussten beide.

»Ich freue mich, wenn du wieder da bist, Fridolin, ich liebe dich.«

»Ich dich auch.«

Es ist wieder ruhig auf dem Bauernhof in Dörlinbach. Oesterle löscht alle Lichter und schließt das Haupttor. Er ist sich sicher; heute Nacht wird hier nichts mehr passieren. Er schickt von seinem Handy aus eine Mail an Walter Schätzle, den Leiter der Spurensicherung. Morgen wird diese eine ganze Menge zu tun haben, um alles zu sichern und zu dokumentieren. Dann geht er zu seinem Wagen. Bevor er einsteigt, wirft er noch einmal einen kurzen Blick zurück auf den jetzt nur noch vom Mondlicht beleuchteten, als Schattenriss erkennbaren Hof. Im Zeitraffer fliegen die vergangen Stunden noch einmal an ihm vorbei. Er spürt ein Kribbeln am ganzen Körper. Dann nickt er leicht mit dem Kopf, so als wolle er damit dokumentieren, dass eine Sache erfolgreich zum Abschluss gebracht wurde. Ein kurzer Blick nach oben, vielleicht ein kleiner Dank an seinen Schutzengel oder einfach nur zum klaren Sternenhimmel, der einem immer wieder deutlich macht, wie klein der Mensch in Wirklichkeit doch ist. Er startet den Motor und langsam fährt er Richtung Lahr. Nach Kippenheim. Zu Corinna. Nach Hause.

39

Noch müde aber gut gelaunt wegen der gestrigen Erfolge, kommen Schatzhauser und Oesterle am nächsten Morgen etwas später als normal ins Büro. Die vorgeladenen Personen warten schon. Schatzhauser unterrichtet die Weineinkäufer der Discounter und den Vertreter der großen Kellerei von den Festnahmen der letzten Nacht.

»Meine Herrn, alle die Sie hier sitzen haben sich des Betruges strafbar gemacht, da führt kein Weg dran vorbei. Das aber ist Sache des Betrugsdezernats und dieses wird sich in dieser Angelegenheit mit Ihnen in Verbindung setzen. Ich, als Leiter der Mordkommission, aber habe zwei Morde aufzuklären. Dabei bin ich auf Ihre Hilfe angewiesen. Wie an anderer Stelle schon einmal erwähnt, werde ich dies bei den Kollegen positiv erwähnen, was sicherlich nicht zu Ihrem Schaden sein wird. Wenn Sie bereit sind, mir zu helfen, möchte ich Sie bitten, mir zu folgen.«

Die sechs Männer stehen auf und folgen Schatzhauser in einen Nebenraum. Dieser Raum grenzt an den Vernehmungsraum, in dem sich Oesterle und die drei potenziellen Täter befinden.

»Wie Sie sicher wissen meine Herren, können Sie in den Raum schauen, Sie aber bleiben völlig unbeobachtet.«

Die Männer nicken. Schatzhauser bittet sie, sich die drei

Männer genau anzusehen. Schnell ist es klar, dass es sich bei Scheffler um den Mann handelt, mit dem sie die Verhandlungen geführt haben. Die anderen beiden erkannten alle als die beiden Fahrer des Lieferwagens, mit dem die gefälschten Weine abgeholt wurden. Schatzhauser bedankt sich bei den Männern und bittet sie zur Aufnahme des Protokolls in sein Büro. Ein Beamter aus dem Betrugsdezernat wartet dort schon, um sie zur Vernehmung mitzunehmen, sobald das Protokoll erstellt ist. In kurzen Worten gibt Schatzhauser dem Kollegen zu verstehen, dass ohne die Hilfe der des Betrugs Beschuldigten die gestrigen Festnahmen nicht möglich gewesen wären. Er werde es weitergeben, aber letztlich entscheide natürlich das Gericht über das Strafmaß, gibt er zu verstehen. Schatzhauser nickt. Die Männer verlassen sein Büro.

Schatzhauser betritt das Vernehmungszimmer. Er fordert die beiden Lieferwagenfahrer auf, ihm zu folgen und wirft Oesterle einen kurzen Blick zu. Der nickt wissend. Da ist sie wieder, diese nonverbale Kommunikation. Jeder der beiden Beamten weiß, was jetzt zu tun ist. Getrenntes Verhör. Ein Gegeneinander-Ausspielen und vielleicht sogar Bluffen und auf den Busch klopfen, obwohl nichts dahinter ist. Dies hat schon oft zum Erfolg geführt. Oesterle hat sicherlich den schwersten Brocken, da ist sich Schatzhauser sicher. Bisher wissen sie über diesen Mann nichts, außer dass er Scheffler heißt, vor fünfzehn Jahren aus Kasachstan nach Deutschland kam und seit dieser Zeit hier wohnt. Bisher hat er sich nicht strafbar gemacht. Schatzhauser kennt solche Typen. In der Regel sind diese am gefährlichsten, denn wer über eine so lange Zeit solche Verbrechen begehen kann, ohne erwischt zu werden, war nicht auf den Kopf gefallen und weiß, wie man im Hintergrund die Fäden zieht, ohne sich selbst die Finger schmutzig zu machen. Dass Scheffler jedoch nicht die ganz große Nummer ist, ist für Schatzhauser auch klar. Da sind noch welche über ihm, die nicht nur in Deutschland, sondern darüber hinaus ihre Geschäfte betreiben. Aber vielleicht ist Scheffler der Türöffner und man kann mit dessen Informationen an die großen Fische rankommen. Er ist gespannt, was bei den Verhören rauskommt. Ebenso interessiert ist er jedoch auch an den Ergebnissen der Spurensicherung, die seit dem frühen Morgen den Bauernhof untersucht.

40

»Herr Scheffler«, beginnt Oesterle das Verhör, »kommen wir zu den uns vorliegenden Fakten.« Er hat das Band angeschaltet. »Sie werden beschuldigt, in großem Stil Weine gefälscht und diese in Umlauf gebracht zu haben. In die gleiche Richtung geht der Verdacht auf Förderungs- und Subventionsbetrug. Dazu kommen versuchte Geiselnahme, und die Bedrohung eines Beamten mit der Schusswaffe, sowie der Mordversuch an zwei Beamten, indem Sie eine ganze Wohnung in die Luft sprengten. Am schwerwiegendsten wiegt jedoch, dass man Sie des zweifachen Mordes verdächtigt.«

»Mit den Morden hab ich nichts zu tun!«, reagiert Scheffler spontan auf die letzte Anschuldigung.

»Heißt das, dass Sie die anderen Straftaten zugeben«, will Oesterle Scheffler direkt festnageln.

»Das mit dem Wein ja und das mit der Schusswaffe, aber sonst nichts.«

»Sagt Ihnen der Name Deuster etwas?«

Nur kurz ist ein Augenzucken bei Scheffler zu bemerken. Gleichzeitig lehnt er sich etwas weiter zurück und drückt seinen Rücken hart an die Rückenlehne des Stuhles. Für Oesterle ein untrügliches Zeichen dafür, dass sich sein Gegenüber angegriffen fühlt und eine Abwehrhaltung einnimmt.

»Deuster, wer soll das sein, nie gehört.«

Oesterle macht nicht viele Worte und nimmt die Plastiktüte heraus, die sie in Deusters Wagen gefunden haben. Ihr entnimmt er die Papiere und legt sie sichtbar vor Scheffler hin.

»Idiot!«, kommt es über seine zusammengepressten Lippen, als er erkennt, um welche Papiere es sich handelt.

Oesterle registriert die Reaktion Schefflers. »Sie kennen die Papiere, Herr Scheffler. Wir haben sie im Auto des ermordeten Stefan Deuster gefunden. Daraus geht hervor, dass Sie sich mit Deusters Hilfe über drei Jahre lang mit falschen Angaben Subventionen erschlichen haben. Deuster ist für Sie eine Gefahr geworden. Wollte er auspacken? Oder wollten Sie einfach nur einen lästigen Mitwisser beseitigen?«

»Wie ich schon sagte, ich habe mit den Morden nichts zu tun.«

Schefflers Stimme wird lauter, ein Beweis für Oesterle, dass er sich in die Enge getrieben fühlt.

»Herr Scheffler«, Oesterle spricht langsam und ruhig, fast monoton, »gestern Abend auf dem Bauernhof habe ich ganz deutlich gehört, wie Sie zu ihrem Kompagnon gesagt haben »zwei Morde sind genug.« Ich bin mir sicher, dass wenn mein Kollege bei seinem Verhör die beiden Fahrer in die Mangel nimmt, einer der Fahrer diese Aussage bestätigt. Das besagt zumindest, dass Sie Mitwisser sind. Wenn Sie es nicht selbst getan haben, so können Sie doch zumindest den Auftrag für die Morde gegeben haben. Auch das werden wir herausbekommen.«

»Ohne einen Anwalt sage ich nichts mehr.« Scheffler weiß, wenn das hier so weiter geht, werden seine Chancen immer geringer, mit einem blauen Auge davonzukommen. Eingebuchtet wird er auf jeden Fall. Nur wie lange, ist die Frage.

Gleichzeitig mit Oesterle führt Schatzhauser das Verhör im Nebenraum. Er nimmt am Kopfende des Tisches Platz, während die beiden Lieferwagenfahrer sich gegenübersitzen. Schatzhauser hat sich folgende Vorgehensweise zurechtgelegt. Er möchte gerne, dass er bei den Delinquenten den Eindruck erweckt, dass er ihnen helfen will. Dass es nur an ihnen liege, relativ unbeschadet aus der Sache herauskommen. Er möchte zumindest einen dazu bringen, gegen Scheffler auszusagen. Bis jetzt konnten sie Scheffler zwar mit dem Mord in Verbindung bringen. Aber außer dem Gespräch im Bauernhof und den Papieren in der Plastiktüte als Indiz hatten sie nichts in der Hand. Es fehlten noch eine ganze Menge Mosaiksteine. Insgeheim hoffte er, dass die Spurensicherung fündig geworden ist.

Ihre Nachforschungen über die beiden Fahrer haben ergeben, dass beide, wie Scheffler auch aus Kasachstan kommen. Allerdings ein paar Jahre später als Scheffler in Deutschland sesshaft wurden. Scheffler schien einen guten Draht zu den Russen in Lahr zu haben, denen man, als dort die ehemals stationierte kanadische Luftwaffe abgezogen wurde, in den frei werdenden Kasernen Wohnungen zugewiesen hatte, anstatt sie in die Bevölkerung zu integrieren. So hat sich dort ein sozialer Brennpunkt entwickelt, in dem die Gefahr groß ist, ins kriminelle Milieu abzurutschen. Scheffler hat sich dies anscheinend zunutze gemacht.

»Meine Herrn, bisher sind Sie nur ansatzweise in die Sache verstrickt. Sie«, dabei sprach er den Mann mit dem verbundenen Oberschenkel an, »deutlich mehr als Ihr Freund, da Sie auf einen Polizisten geschossen haben. Was Gott sei Dank noch glimpflich ausgegangen ist. Ihrem Freund dagegen können wir bisher nur Beihilfe zum Betrug nachweisen. Wenn Sie nicht noch tiefer in diese Sache rutschen wollen, helfen Sie uns, die beiden in dieser Sache verübten Morde aufzuklären. Wie ich von meinem Kollegen höre, hat ihr Chef gerade außer den Morden alle Straftaten zugegeben. Für die beiden Morde will er keine Verantwortung übernehmen und sagt, er habe einem von

Ihnen den Auftrag gegeben Stefan Deuster ein wenig Angst einzujagen. Von Mord sei nie die Rede gewesen.«

Verdutzt schauen ihn die beiden an und beteuern, einen Deuster nicht zu kennen. Sie hätten nur ausgeliefert. Es tue ihnen auch leid, dass der Polizist verletzt wurde. Er wäre in Panik geraten, als er plötzlich gesehen hätte, dass die Polizei vor ihm steht. Irgendwie glaubt ihm Schatzhauser. Dann meldet sich der Unverletzte zu Wort und berichtet Schatzhauser, dass er vor drei Tagen beim Beladen des Lieferwagens einem Mann mit einer braunen Aktentasche auf dem Hof begegnet sei. Dieser habe ihn nach Scheffler gefragt. Er habe ihn daraufhin ins Haus geschickt. Nach kurzer Zeit habe dieser das Haus aber wieder verlassen. Ohne Aktentasche, aber mit etwas in der Hand, was aussah wie ein Kuvert. Beim Verlassen des Hofes habe er dieses in seine Jackentasche gesteckt.

Schatzhauser horchte auf. Wenn die Aktentasche noch auf dem Hof war, waren auf ihr eventuell die Fingerabdrücke des Mannes und die von Scheffler zu finden. Dann wären sie einen großen Schritt weiter.

»Trug der Mann, als er ins Haus ging, Handschuhe?«, will Schatzhauser seine Vermutung bestätigt wissen.

»Nein, das wäre mir sicherlich aufgefallen, denn er stand ja direkt vor mir.«

Schatzhausers Handy klingelt. Walter Schätzle ist dran. Schatzhausers Gesicht hellt sich merklich auf bei dem Gespräch. Er erfährt, dass die Spurensicherung besagte Aktentasche gefunden hat. Es seien drei verschiedene Fingerabdrücke darauf erfährt er. Außerdem habe man sowohl das Handy von Scheffler als auch den Computer sichergestellt, die jetzt von der KTU ausgewertet würden. Eins könne er jedoch schon jetzt sagen. Der Fingerabdruck, auf dem nach der Explosion gefunden USB-Stick stimmt mit einem der Fingerabdrücke auf der Aktentasche und auf dem Handy überein. Es kann sich also nur um den

Fingerabdruck des Handybesitzers handeln. Alle anderen Ergebnisse werde er später mitteilen. Schatzhauser bedankt sich für die guten Nachrichten.

»Die Sache mit der Aktentasche scheint zu stimmen«, wendet er sich nach dem Telefonat wieder den beiden Delinquenten zu. »Für heute ist das Verhör beendet.«

Er bittet jedoch denjenigen, der den Aktentaschenträger gesehen hat, den Mann zu beschreiben. Gemäß dieser Beschreibung werde ein Computerbild erstellt. Dieses werde dann mit allen in den Polizeiakten vermerkten, vorbestraften Personen verglichen. Schatzhauser bittet den anwesenden Beamten, die beiden nach dem Erstellen des Computerbildes wieder in ihre Zelle zu bringen.

Auch Oesterle möchte die weiteren Ergebnisse der Spurensicherung abwarten und bricht die Befragung Schefflers ab. Er trifft sich mit Schatzhauser in ihrem gemeinsamen Büro. Dort berichtet Schatzhauser ihm von dem Gespräch mit Walter Schätzle. Beide sind der Meinung, das, bevor die Verhöre weiter fortgesetzt werden, man erst die Auswertung von Handy und PC abwarten will.

»Bringt eigentlich bei dem Wissensstand der Termin in Freiburg überhaupt noch etwas?«, fragt Oesterle.

»Was den Mord an Deuster angeht, sicherlich nicht viel. Was die Subventionsbetrügereien angeht sicher eine ganze Menge. Ich gehe mal ganz stark davon aus, dass nicht nur Deuster Ansprechpartner für dubiose Geschäfte dieser Art gewesen ist. Ich werde die Kollegen vom Betrugsdezernat auf den neuesten Stand bringen. Diese sollen dann weiter in dieser Sache ermitteln und sich mit den Verantwortlichen in Freiburg treffen. Wir haben Schlaf nachzuholen Fridolin, aber bevor wir heute etwas früher Schluss machen, fassen wir alles noch einmal zusammen und besprechen, wie wir morgen weiter vorgehen wollen.«

Oesterle macht den Vorschlag, dies bei einem Glas Wein zu tun. Vor einem Jahr hätte Schatzhauser einen solchen

Vorschlag von seinem Kollegen mehr als erstaunt zur Kenntnis genommen. Hat dieser doch, bevor er mit Corinna zusammenkam, höchstens in absoluten Ausnahmefällen mal ein Bier getrunken. Aber seit gut einem Jahr findet er immer mehr Gefallen an einem guten Essen und ebensolchen Weinen. Auch Nina und er tragen sicherlich dazu bei, diese Begeisterung weiter zu fördern. Bei Schatzhauser rennt man mit solch einem Vorschlag natürlich offene Türen ein. Deshalb ist seine Antwort auch nicht ja oder nein, sondern wohin. Man einigt sich letztlich darauf, das Lokal aufzusuchen, in dem die ganze Geschichte angefangen hat. In der Nina den gefälschten Wein vom Weingut Balthasar erschmeckt, und er von der Leiche im Maisfeld erfahren hatte. Außerdem konnte man dahin gut zu Fuß gehen.

41

Dort angekommen, setzen sie sich an einen freien Ecktisch. Es herrscht um diese Uhrzeit noch nicht viel Betrieb in der Gaststätte. Sie sind relativ ungestört. Sogar der Besitzer des Restaurants findet für einen kurzen Moment Zeit, die beiden Kommissare zu begrüßen. Natürlich bleibt es dabei nicht aus, dass er sich, nach deren Ermittlungen erkundigt. Schatzhauser klärt den Mann auf, ohne in die Details zu gehen.

»Glückwunsch«, gratuliert der Wirt Schatzhauser und Oesterle zu deren Erfolg, dann lässt er die Zwei alleine.

»Fassen wir also zusammen, Fridolin«, beginnt Schatzhauser das Gespräch. »Fangen wir bei dem Toten im Maisfeld an. Wir kennen seine Personalien nicht, wissen aber, dass er für diese ominöse Firma Vinophil gearbeitet hat, die für die gefälschten Weine verantwortlich ist und laut den Unterlagen von Stefan Deuster auch in diese Subventionsgeschichte verstrickt ist.«

Oesterle nickt.

»Bleiben wir bei Deuster. Klar ist, dass er als Leiter der Abteilung ›Landwirtschaftsförderung‹ eine tragende Rolle bei dem Förderungsbetrug gespielt hat, was, wie es im Moment aussieht, ihm letztlich das Leben gekostet hat.«

Während Schatzhausers Ausführungen stellte ihnen der Wirt mit den Worten: »Die gehen aufs Haus«, zwei Gläser Weißburgunder auf den Tisch. Schatzhauser will protestieren, doch der Wirt macht eine abwehrende Armbewegung. Die beiden bedanken sich und Schatzhauser fährt fort.

»Kommen wir zu der Explosion des Gebäudes, die wir ja selbst schmerzhaft miterleben durften. Hier wurde versucht, alle auf die Weinfälschung hinweisenden Spuren zu vernichten, was durch das Auffinden besagten USB-Sticks nicht gelang. Dieser Stick hat uns in der Sache Weinfälschung deutlich weitergebracht. Auch das Einschalten der Weinkontrolle hat dazu beigetragen, dass wir die Weinfälscher schließlich in der gestrigen Aktion dingfest machen konnten. Die Weineinkäufer der Discounter, die daran beteiligt waren, werden ihre gerechte Strafe bekommen. Hinweise darüber, wer noch daran beteiligt ist, werden wir hoffentlich durch die weitere Auswertung von Schefflers Handy und Laptop bekommen. Außerdem wird die Spusi sicherlich noch weiteres Beweismaterial auf dem Bauernhof gefunden haben. Kommen wir zu dem Vorfall von gestern Abend und somit zur Hauptperson dieses verzwickten Falles, zu Scheffler. Die beiden Fahrer können wir dabei außen vorlassen. Was wir von Scheffler wissen, ist, dass er derjenige war, der den Deal mit Deuster eingefädelt hat. Außerdem hat die Gegenüberstellung heute Morgen ergeben, dass er auch maßgeblich für die Weinfälschung verantwortlich ist. Was wir ihm nicht nachweisen können, sind die beiden Morde, obwohl ich mir relativ sicher bin, dass er, auch da seine Hand im Spiel hat. Das ist ein eiskalter Hund, Fridolin. Das hat uns die gestrige Aktion deutlich bewiesen.

Ich wage sogar zu behaupten, dass er einer der führenden Köpfe ist, bei all dem, was hier geschehen ist. Keiner von ganz oben, nein, das ist ein paar Nummern zu groß. Dieses Netzwerk wird von ganz anderen Personen gesteuert. Aber als Sektionsleiter kann ich ihn mir gut vorstellen.«

Oesterle begleitet die Ausführungen seines Chefs mit einem zustimmenden Kopfnicken.

»Bleibt am Schluss nur noch dieser ominöse Mann mit der braunen Aktentasche. So wie es aussieht, hat dieser die Aktentasche zu Scheffler gebracht. Was denkst du, was darin gewesen sein könnte, Fridolin?«

Jetzt erst bindet er Oesterle in das Gespräch mit ein. Dieser ist das gewohnt. Er weiß, dass Schatzhauser es nicht gerne hat, wenn er in seinem Gedankenfluss unterbrochen wird, weil es oft so ist, dass sich, während er redet und Zusammenhänge herstellt, plötzlich neue Wege für ihn eröffnen und neue Spuren ergeben. Dies ist, wenn er laufend unterbrochen wird, nicht möglich.

»Ich denke«, nimmt Oesterle den Faden auf, »dass sich Unterlagen oder sonstige Schriftstücke darin befunden haben, was sonst transportiert man in einer Aktentasche. Diese müssen für Scheffler von großer Wichtigkeit gewesen sein. Ziehen wir weitere Schlüsse, dann kann es sein, dass sich in der Aktentasche die Unterlagen für den Subventionsbetrug befunden haben, die gleichen, wie die in der Plastiktüte in Deusters Auto. Ich nehme an, Deuster wollte sich ein Hintertürchen aufhalten und nicht alles aus der Hand geben.«

»Das sehe ich genauso«, gibt ihm Schatzhauser recht.

»Was das Kuvert betrifft, das der Lieferwagenfahrer gesehen hat, gehe ich davon aus, dass in diesem die Bezahlung für den Inhalt der Aktentasche war und, wenn man noch einen Schritt weiter geht, vielleicht noch für andere Dienste, vielleicht sogar die Morde.«

Schatzhauser grinste über das ganze Gesicht. »Fridolin,

Fridolin, nicht schlecht. Wenn es stimmt, was du annimmst, ich habe ähnliche Schlüsse gezogen, sind wir dem Mörder auf der Spur. Sollten wir den Unbekannten ausfindig machen können und sind dessen Fingerabdrücke dann neben denen von Scheffler und Deuster auf der Aktentasche zu finden, bin ich überzeugt, dass dieser der Mörder nicht nur von Deuster, sondern auch von unserem Unbekannten im Maisfeld ist. Warten wir ab, was uns die Spurensicherung und die KTU morgen für neue Ergebnisse liefern. Die Hauptarbeit ist getan, Fridolin. Noch mal danke für deine Arbeit gestern Abend.« Er prostet Oesterle zu.

»Ich denke, der Fall wird in den nächsten beiden Tagen abgeschlossen sein«, meint dieser zuversichtlich und stößt mit Schatzhauser auf den Erfolg an.

42

Am nächsten Morgen werden sie schon vom Chef der Spurensicherung und vom Leiter der KTU, Max Schulz, empfangen. Schatzhauser und Oesterle setzen sich voller Erwartung, was die beiden zu berichten haben.

»Nur gute Nachrichten, Leopold«, ergreift Schätzle das Wort. »Die wichtigste zuerst. Wir haben durch die Beschreibung des Lieferwagenfahrers den Unbekannten identifizieren können. Es handelt sich um einen Gregor Wolkin. Er ist bereits mehrfach straffällig geworden. Die ganze Palette, vom Autodiebstahl bis hin zu schwerer Körperverletzung. Wir haben uns die Fingerabdrücke vom LKA schicken lassen. Sie sind identisch mit denen auf der Aktentasche. Die Fahndung nach Wolkin läuft.«

»Hervorragende Arbeit«, zollt Schatzhauser Schätzle Respekt.

»Danke, aber das war noch nicht alles. Bleiben wir bei der Aktentasche. Dort haben wir Erdpartikel gefunden.

Die Aktentasche muss irgendwo auf nasser Erde abgestellt worden sein. Diese ist dann später getrocknet.«

»Stopp, Walter«, unterbricht ihn Schatzhauser. »Wenn wir davon ausgehen, dass Deuster diese Aktentasche mit in den Prinzengarten in Ettenheim genommen hat, um sie dort, wem auch immer, zu übergeben, wäre dies ein eindeutiges Indiz dafür, dass derjenige der die Aktentasche hat, auch für den Mord verantwortlich ist. Lass bitte Bodenproben von dort nehmen und vergleiche diese mit den Partikeln unter der Aktentasche, Walter.«

Dieser gibt die Anweisungen direkt weiter und fährt dann mit seinem Bericht fort: »In einem Ofen haben wir Schriftstücke gefunden, besser gesagt das, was noch davon übrig war. Hätte derjenige, der sie verbrennen wollte, die Blätter einzeln verbrannt, hätten wir nichts mehr rekonstruieren können. Er hat jedoch das ganze Aktenbündel in den Ofen geworfen. In der Mitte des Bündels konnten wir zweifelsfrei feststellen, dass es sich um Anträge handelt, abgestempelt vom Regierungspräsidium.«

»Ein weiterer Mosaikstein«, stellt Schatzhauser zufrieden fest.

»Aber ich bin noch nicht am Ende. Scheinbar wollte sich Scheffler nach dieser Aktion absetzen, kam aber durch euren Zugriff nicht mehr dazu. Sein Koffer stand fertig gepackt in einem Raum auf dem Bauernhof, in ihm zwanzigtausend Euro Bargeld. Das Geld haben wir beschlagnahmt und den Bauernhof versiegelt. Allein im Wirtschaftsgebäude, unter dem sich ein Keller sowie Abfüll- und Etikettiermaschinen befinden, lagern noch Weine im Wert von mehreren Tausend Euro. Das wär's vorerst von meiner Seite.«

»Danke, Walter, gut Arbeit«, lobte ihn Schatzhauser.

»Dann bin ich jetzt an der Reihe«, beginnt Max Schulze seinen Bericht. »Uns ging es in der Hauptsache um die Auswertung des Laptops und des Handys von Scheffler. Was wir herausgefunden haben, lässt den Schluss zu, dass Scheffler der Hauptakteur für die Geschäfte in Baden-Württemberg gewesen ist. Wenn wir alle Daten auswerten, wird es in der Szene für organisiertes Verbrechen ein Heulen und Zähneklappern geben. Es sind nicht nur Namen von Kellereien aus dem Ausland vertreten, sondern auch heimische Betriebe, wie zum Beispiel eine kleine Druckerei in der Ortenau sowie ein Kartonagenhersteller. Außerdem sind in diversen Exceldateien Zahlen und Buchstaben zu finden, sowie eine Auflistung, wo welche Gelder hingeflossen sind. Ich nehme an, dass dies so akkurat gehandhabt werden musste, um dies an höherer Stelle zu rechtfertigen. Für uns ist das jetzt eine wahre Fundgrube. So sind die gezahlten Beträge an Deuster genauso aufgelistet, wie ein zweimaliger Betrag von fünftausend Euro an W. Auf Schefflers Handy haben wir neben vielen brauchbaren Telefonnummern auch etliche SMS gefunden. Er hat zwar versucht, einige davon zu löschen, aber die meisten konnten wir größtenteils inhaltlich wieder rekonstruieren. Mehrere davon auch wieder von W., was ja mittlerweile wohl unzweifelhaft Wolkin heißen muss. Zwei davon sind recht eindeutiger Natur. Sie lauten beide: ›Erledigt, Gruß W.‹ Eine dieser textgleichen SMS ging am Abend des Mordes an Deuster bei Scheffler ein, die andere zeitlich kurz nach dem Mord an dem Mann im Maisfeld.«

Oesterle hält es nach dieser Auskunft nicht mehr auf seinem Stuhl. »Das ist ja mehr als wir uns jemals erträumt haben. Leopold, damit dürfte der Fall gelöst sein.«

»Langsam, langsam«, dämpfte Schatzhauser die Euphorie Oesterles. »Wir haben jetzt eine schlüssige Beweiskette, mehrere Indizien, aber noch nicht die Person selbst. Aber ich teile im Großen und Ganzen deine Ansicht.«

Schauen wir mal, was Scheffler zu dem Ganzen sagt. »Walter, du unterrichtest uns so schnell wie möglich, was diese Bodenuntersuchung ergeben hat. Max, setz du dich mit der Betrugsabteilung in Verbindung. Wenn das alles zutrifft, was du gesagt hast, müssen die sich mit ihren Kollegen in den einzelnen Bundesländern oder sogar mit noch höheren Stellen in Verbindung setzen. Es ist, wie Oesterle und ich vermutet haben, ein ganzes Netz, das es erfolgreich zu sprengen gilt.«

Er bedankt sich noch einmal ausdrücklich für die gute Arbeit, verabschiedet sich und geht zusammen mit Oesterle zum Verhörraum. »Fridolin«, er legt seine Hand auf die Schulter Oesterles, »eine kurze Zeit dachte ich wirklich, wir schaffen's nicht. Zu verworren das Ganze. Aber wieder einmal hat sich gezeigt, dass Beharrlichkeit verbunden mit ein wenig Glück und Zufall letztlich zum Erfolg führt. Aber ich sag dir auch, so was muss ich auf meine alten Tage nicht mehr haben. Von wegen, das Berufsleben ruhig ausklingen lassen. Schusswechsel und Explosionen sind alles andere als ruhig.«

Oesterle grinst: »Aber bist du denn nicht derjenige, der sich beschwert, wenn nichts los ist oder wenn nichts voran geht?«

»Ja, aber es muss ja dann nicht gerade so heftig sein.«

Sie betreten den Verhörraum, in dem sich neben einem Beamten auch Scheffler befindet.

43

Scheffler sitzt breitbeinig am Verhörtisch. In der Nacht hat er sich vom Schock des gestrigen Abends erholt und nun seine gewohnt professionelle und ruhige Haltung wiedergewonnen. Sein ganzes Auftreten zeugt davon, dass er davon ausgeht, dass man ihm nicht viel nachweisen kann. Rechts neben ihm hat sein Anwalt Platz genommen, mit dem er sich lange und eingehend besprochen hat. Er scheint sich dem Ernst seiner Lage nicht bewusst zu sein und blickt Schatzhauser herausfordernd und selbstsicher an.

»Herr Scheffler«, beginnt dieser sein Verhör, »aus der Berichterstattung der KTU und der Spurensicherung haben sich eindeutige Beweise dafür ergeben, dass Sie in die beiden Morde verwickelt sind. Wir haben sowohl Ihr Handy als auch Ihren Laptop ausgewertet sowie Bargeld und ein nur zum Teil verbranntes Aktenbündel gefunden und sichergestellt.«

Nun wird Scheffler doch unruhig. Er hatte das Aktenbündel doch vernichtet und alle belastbaren SMS sofort gelöscht! Nervös kaut er auf der Innenseite seiner Wagen und verschränkt die Arme vor der Brust.

»Wir wissen nicht nur durch die Aussage einer der Lieferwagenfahrer, dass Sie Kontakt hatten mit einem Gregor Wolkin, der mittlerweile zur Fahndung ausgeschrieben ist, sondern es ist auch ersichtlich, dass Sie ihm zwei Aufträge erteilt und ihn anschließend mit jeweils fünftausend Euro für die Erledigung derselben entlohnt haben.«

Als er den Namen Wolkin hört, erschrickt er. Woher hatten sie diesen Namen? Er versucht sich seine Überraschung nicht anmerken zu lassen.

Aber Schatzhauser bemerkt, wie Schefflers selbstsichere Fassade zu bröckeln beginnt und fährt zufrieden fort: »Daneben haben wir Ihre Fingerabdrücke sowohl auf der Aktentasche als auch auf dem USB-Stick, den wir nach der Explosion gefunden haben, feststellen können. Wenn wir alles zusammenrechnen, kommt einiges zusammen: Anstiftung zu zweifachem Mord, Mordversuch an Polizeibeamten, versuchte Geiselnahme, Subventionsbetrug und sonstige Betrügereien. Das bringt sie für einige Jahre hinter Schloss und Riegel, Herr Scheffler.«

Schefflers Miene verfinstert sich zunehmend. Fragend schaut er seinen Anwalt an. Dieser schüttelt den Kopf und bittet Schatzhauser das Verhör für eine gewisse Zeit zu unterbrechen, damit er sich mit seinem Klienten beraten kann. Es hätte sich für ihn jetzt eine ganz neue Sachlage ergeben. Schatzhauser stimmt einer einstündigen Unterbrechung zu und verlässt zusammen mit Oesterle den Raum. Scheffler wirkt jetzt bei weitem nicht mehr so selbstsicher wie zu Beginn des Verhörs. Er muss sich von seinem Anwalt heftige Vorwürfe gefallen lassen, weil er viele Dinge einfach verschwiegen hat. Er rät Scheffler, alles außer den Morden zuzugeben, da wie es scheint die Polizei für alle Straftaten die nötigen Beweise habe.

»Verhalten Sie sich so kooperativ wie möglich, sonst wird es für Sie noch schlimmer als es ohnehin schon ist.«

Scheffler erklärt sich einverstanden. Nach einer Stunde betritt Schatzhauser wieder den Raum und setzt das Verhör fort. »Herr Scheffler, wenn wir Gregor Wolkin fassen, bin ich mir sicher, wird dieser versuchen, seinen Kopf aus der Schlinge zu ziehen. Besser, Sie sagen uns vorher, wie es abgelaufen ist.« Um Scheffler aus der Reserve zu locken zeigt er das Handy mit der entsprechenden SMS: »Was sollen wir davon halten?«

Scheffler presst die Lippen zusammen. Er ist kein Mensch, der jammert oder sich in Lügenmärchen verstrickt. Er merkt, wann er verloren hat, wenn es keinen Ausweg mehr gibt. Leute von seinem Schlag wissen um das Risiko erwischt zu werden. Das gehört zum Geschäft. So befolgt er auch den Rat seines Anwalts und erklärt: »Ich habe die Morde lediglich in Auftrag gegeben. Aber auch das auf Befehl von ganz oben. Wolkin hat sie ausgeführt.«

Ohne große Regung kommen diese Worte aus dem Mund Schefflers. Schatzhauser und Oesterle schauen sich erleichtert an. Jetzt gilt es nur noch, das Bild zu vervollständigen und die letzten Puzzleteile einzusetzen.

»Warum der Tote im Maisfeld und wer war er?«, will Schatzhauser wissen.

»Er war einer unserer Agenten, der die Verbindungen zu den Händlern aufrechterhalten hat. Einmal hat er sich nicht an die Vereinbarungen gehalten und im Alleingang gehandelt. Das konnte ihm die Organisation nicht durchgehen lassen.«

»Das mit dem gefälschten Wein vom Weingut Balthasar?«, fragt Schatzhauser nach.

»Genau«, bestätigte Scheffler, »sonst haben wir nur mit Großabnehmern und niemals mit regionalen Weinen gehandelt. Das war sicherer. Aber er konnte den Hals ja nicht voll genug bekommen!«, redete Scheffler sich in Rage. »Hätte er keine Geschäfte an uns vorbei gemacht, wären Sie uns nie auf die Spur gekommen.«

Sein Anwalt legt ihm beruhigend die Hand auf den Unterarm, um ihm deutlich zu machen, dass er besser schweigen solle.

»Das wollen wir jetzt nicht kommentieren«, geht Schatzhauser nicht weiter auf die Bemerkung ein. »Das wäre vorerst alles, Herr Scheffler, wenn wir Wolkin erwischt haben, kommt es zur Gegenüberstellung. Wenn sich alles, was Sie behauptet haben, als richtig herausstellt, sind die Mordfälle abgeschlossen. Was man von den Betrugsdelikten nicht behaupten kann. Da werden unsere Kollegen vom Betrugsdezernat sicher noch eine ganze Menge Fragen an Sie haben. Wir haben damit nichts mehr zu tun.«

Schatzhauser und Oesterle beenden das Verhör. Scheffler wird wieder in die Zelle geführt.

»Hoffentlich bekommen wir diesen Wolkin bald, dann können wir den Sack endgültig zumachen«, meint Oesterle. »Was passiert denn jetzt eigentlich mit den ganzen gefälschten Weinen, die noch in dem Wirtschaftsgebäude des Bauernhauses lagern?«, will er weiter wissen.

Schatzhauser zuckt mit den Schultern. »Die sind zwar gefälscht und dürfen daher nicht verkauft werden; aber sie sind gesundheitlich ungefährlich. Man wird schon eine Lösung finden, aber das soll nicht unser Problem sein, nur eins weiß ich, ich trinke sie nicht.«

Aufgeregt stürmt Beate Richter, die Sekretärin, ins Büro der beiden.

»Wo brennt's denn, Frau Richter?«, fragt Oesterle neugierig.

»Auf dem Bahnhof in Freiburg hat es einen Schusswechsel gegeben. Die Kollegen haben Wolkin gestellt, als dieser mit zwei großen Koffern bepackt in den Zug einsteigen wollte. Es soll zu einem Handgemenge gekommen sein. Dabei soll Wolkin die Waffe gezogen und auf die Kollegen gerichtet haben. Ein Polizist hat daraufhin auf Wolkin geschossen.«

»Und?«, Oesterle ist aufgesprungen.

»Ein Polizist ist schwer verletzt, Wolkin ist tot«, antwortet die Sekretärin.

»Herrgottsack!«, flucht Schatzhauser laut. Alle drei stehen betroffen im Raum und müssen diese Nachricht erst einmal verdauen. Kurze Zeit später verlässt Beate Richter stillschweigend den Raum.

»Und jetzt?« Oesterle schaut Schatzhauser fragend an.

Dieser, so scheint es, hat sich wieder gefangen und seiner Kopfbewegung nach zu urteilen, leicht nach links oben blickend, überlegt er. »Hat sich für uns an der Sachlage dadurch etwas geändert, Fridolin?«, fragt er, um die Frage gleich selbst zu beantworten: »Nein, und um es jetzt einmal etwas sarkastisch auszudrücken, außer, dass wir weniger Arbeit bekommen haben. Die Fakten stehen doch fest. Die Aussage Schefflers belastet Wolkin genauso wie die Aussage des Lieferwagenfahrers, die Daten auf dem Handy und dem PC von Scheffler und auch die Fingerabdrücke auf der Handtasche. Wenn jetzt noch die Schusswaffe Wolkins die gleiche ist, wie die Waffe, mit der die beiden Morde begangen wurden und uns die Bodenuntersuchungen von Walter die richtigen Ergebnisse liefern, ist er so gut wie überführt. Auch die Blutstropfen im Prinzengarten, das wird die entsprechende Untersuchung ergeben, sind mit dem Blut Wolkins identisch; da bin ich mir sicher. Das heißt, für mich nichts anderes, als dass der Fall so gut wie abgeschlossen ist. Du setzt dich jetzt mit den Kollegen in Freiburg in Verbindung und bittest sie, uns die Ergebnisse der ballistischen Untersuchung von Wolkins Waffe schnellstmöglich zukommen zu lassen. Außerdem brauchen wir die DNA Wolkins für einen Abgleich mit den im Prinzengarten gefundenen Blutstropfen. Und zum Schluss rufst du Corinna an, sie soll zusammen mit Nina bei den Laubenthalers einen Tisch für übermorgen Abend reservieren. Wir hätten was zu feiern. Ich denke, bis dahin hat sich alles aufgeklärt.« Er reibt sich die Hände. »Jetzt ist es doch auf einmal schneller gegangen als gedacht, Fridolin, aber ich bin froh, dass es vorbei ist.«

»Ich auch«, blickt kurz auf sein Bein und für einen kurzen Moment tauchen noch einmal die Bilder vor seinen Augen auf: Die Bilder von dem explodierten Haus, das Aufwachen im Krankenhaus, Schefflers Festnahme im Bauernhaus. Und er wirft einen dankbaren Blick auf Schatzhauser, der ihm in einer dieser Situationen das Leben gerettet hat. »Ich auch«, wiederholt er dann leise noch einmal. Dann greift er zum Telefon.

»Prosit, auf unsere Superbullen.«

»Hey, hey, hey!«, spielt Oesterle bei der Bemerkung Corinnas mit lachendem Gesicht den Beleidigten. Gute Stimmung herrscht bei den vieren schon vor dem Essen. Sie stoßen mit den Gläsern an. Corinna nimmt die Badische Zeitung aus ihrer Tasche, schlägt sie auf und zeigt auf die Überschrift eines Artikels aus ihrer Feder und liest laut: *»Offenburger Polizisten lösen zwei Mordfälle, zerschlagen internationalen Weinfälscherring und decken Subventionsbetrug auf.*

»Ist ja schon gut Corinna«, beschwichtigt Schatzhauser. Es entspricht einfach nicht seinem Naturell im Mittelpunkt stehen zu wollen, das heißt nicht, dass er nicht stolz auf das Erreichte ist. Aber er agiert lieber im Hintergrund.

»Aber es stimmt doch, oder nicht?«, mischt sich Nina ein. Schatzhauser nickt. Sie haben allen Grund gut gelaunt zu feiern.

Auch die letzten Ergebnisse entsprachen dem, was sie vermutet haben. Schnell hatten die Freiburger Kollegen die Ergebnisse der DNA-Untersuchung Wolkins übermittelt. Diese waren wie vermutet identisch mit den im Prinzengarten gefundenen Blutspuren, die vom Täter stammen mussten. Zweifelsfrei steht jetzt ebenfalls fest, dass die Waffe, mit der Wolkin auf die Freiburger Polizisten geschossen hat, die gleiche ist, mit der auch die beiden Morde verübt wurden.

Gute Nachrichten gab's auch aus dem Betrugsdezernat. Schatzhauser hatte dort einen Tag zuvor nachgefragt, was deren Ermittlungen ergeben haben und bekam zu hören, dass die Daten auf dem Laptop von Scheffler dazu geführt hätten, dass man einem weitverzweigten Netz von Bandenkriminalität auf die Spur gekommen sei. So habe die Zusammenarbeit mit den Kollegen aus Frankreich und Italien dazu geführt, dass dort wie auch bei uns, zahlreiche Personen verhaftet und Weine in noch unbekannter Menge sichergestellt werden konnten, was Schatzhauser zu der Bemerkung veranlasste: »Vielleicht können wir jetzt endlich wieder mit gutem Gewissen und mit Fug und Recht behaupten: In vino veritas.«

Dem Wunsch vieler Leserinnen und Leser meines ersten Romans entsprechend, habe ich nachfolgend alle Rezepte der in diesem Roman vorkommenden Gerichte beigefügt. Ich wünsche gutes Gelingen beim eventuellen Nachkochen und guten Appetit.

Rezepte der Gerichte die Nina Zinsendorf bei ihrem Seminar ›Wein und Musik‹ vorgestellt hat.

Meerrettichparfait mit heißen Preiselbeeren und geräucherter Entenbrust

Mousse von grünem Spargel mit frisch-würzigem Champignonsalat

Marinierter Tafelspitz und Feldsalat mit Croûtons und Walnuss-Limettendressing

Ossobuco mit einer Schokoladen-Chili-Kirsch-Soße und breiten Nudeln

Karamellisierter Orangenflan mit einer Orangen-Ingwer-Soße

Meerrettichparfait mit heißen Preiselbeeren und geräucherter Entenbrust

Zutaten (für 8 Personen):
4 Eigelbe
250 g Sahnemeerrettich
Salz
20 g Zucker
1 ½ Blatt weiße Gelatine
375 ml Schlagsahne
40 g frische Ingwerwurzel
450 g Preiselbeeren (Glas)
2 geräucherte Entenbrüste (je ca. 280 g)

Zubereitung:
In einer Schlagschüssel das Eigelb, 40 g Sahnemeerrettich, 1 TL Salz und den Zucker mit dem Schneebesen verrühren und über dem heißen Wasserbad cremig schlagen. Die Gelatine in kaltem Wasser einweichen, gut ausdrücken und in der heißen Eiermasse auflösen. Restlichen Sahnemeerrettich untermischen. Die Sahne steif schlagen und unter die Eimasse heben. Die Parfaitmasse in eine Terrinen- oder Kastenform (Inhalt ca. 800 ml) füllen und über Nacht ins Gefrierfach stellen. Den Ingwer schälen und in feine Würfel schneiden. Kurz vor dem Servieren die Preiselbeeren erhitzen. Die geräucherte Entenbrust in einer Pfanne zuerst mit der Hautseite nach oben kapp 10 Minuten braten, bis sie lauwarm ist. Die Ingwerwürfel kurz mitbraten. Die Terrinenform kurz in kaltes Wasser halten, mit einem Messer am Rande entlangfahren und das Parfait auf ein Brett stürzen. Parfait in Scheiben schneiden und auf den Tellern anrichten. Die Entenbrust in Scheiben schneiden und ebenfalls auf den Tellern verteilen. Die Ingwerwürfel darüber streuen. Die heißen Preiselbeeren dazugeben und sofort servieren. Dazu passen getoastete Baguettescheiben.

Grüne Spargelmousse mit Champignonsalat

Zutaten (für 6 Personen):
500 g grüner Spargel
2 Schalotten
100 g Blattspinat
2 EL Öl
350 ml Schlagsahne
3 EL Zitronensaft
4 Blatt weiße Gelatine
400 g kleine Champignons
100 g Rucola
2-3 EL Olivenöl
1 Beutel Pinienkerne
3 EL klein geschnittene, marinierte, getrocknete Tomaten
Salz, weißer Pfeffer aus der Mühle
Geriebene Muskatnuss

Zubereitung Mousse:
Spargel nur am unteren Ende schälen. 12 Spargelspitzen abschneiden. 4 Minuten in Salzwasser blanchieren, abschrecken und zum Garnieren beiseitelegen. Alle Spargelstangen in Stücke schneiden.
Schalotten pellen und fein würfeln. Spinat putzen, waschen, grob hacken. Öl erhitzen und Spargel und Schalotten darin andünsten. Spinat dazugeben und bei mittlerer Hitze zusammenfallen lassen und dann 100 ml Sahne dazugeben. 10 Minuten bei milder Hitze kochen lassen, bis die Flüssigkeit fast verkocht ist. Herzhaft mit Salz, Pfeffer. Muskatnuss und 1 EL Zitronensaft würzen und in einem Mixer sehr fein pürieren.
Gelatine in kaltem Wasser einweichen. Tropfnass bei milder Hitze auflösen und in das Püree einrühren. Kaltstellen. Die restliche Sahne steif schlagen und unter die abgekühlte Spargelmasse heben. Die Masse in eine flache Arbeitsschale

füllen, glatt streichen und abdecken. Mindestens 3 bis 4 Stunden kaltstellen (Kühlschrank).
Kurz vor dem Servieren die Pinienkerne rösten (Pfanne ohne Fett) und diese abkühlen lassen.

Zubereitung Champignonsalat:
Champignons putzen und in dünne Scheiben schneiden. Rucola putzen und einige Blättchen zum Garnieren zur Seite legen. Den Rest fein hacken. Aus dem restlichen Zitronensaft zusammen mit Salz, Pfeffer, einer Prise Zucker und dem Olivenöl eine Vinaigrette rühren. Die Salatzutaten und die getrockneten Tomaten damit mischen.
Von der Spargelmousse mit einem feuchten EL Nocken abstechen. Zusammen mit dem Salat und den Rucolablättchen auf Portionstellern anrichten.
Dazu passen geröstete Baguettescheiben.

Marinierter Tafelspitz

Zutaten (für 20 Personen):
1 ½ kg Tafelspitz
1 Bund Suppengrün
2 TL schwarze Pfefferkörner
50 ml Öl
1 EL Weißweinessig
Tabasco
Zucker
2 Bund Lauchzwiebeln
2 Tomaten
3 Stängel glatte Petersilie
500 g Feldsalat
Weißbrot für die Croûtons
Walnussöl
Limettensaft
Pfeffer, Salz
Zucker

Zubereitung:
Das Fleisch in einem großen Topf mit 2 Liter Wasser und 2 TL Salz aufkochen. Das Suppengrün putzen und grob würfeln. Gemüse und Pfefferkörner zum Fleisch geben und 2 bis 3 Stunden kochen lassen, bis das Fleisch weich ist. Das Fleisch in der Brühe abkühlen lassen. Herausnehmen und die Brühe auf 500 ml einkochen lassen. Die Hälfte der Brühe mit Öl und Essig verrühren und mit Salz, Tabasco und Zucker pikant abschmecken.
Die Lauchzwiebeln putzen und sehr fein würfeln. Tomaten kreuzweise einritzen und mit kochendem Wasser überbrühen. Unter kaltem Wasser abspülen und die Haut abziehen. Tomaten vierteln, die Kerne entfernen, und das Fruchtfleisch fein würfeln, Tomatenstücke und Lauchzwiebeln zur Marinade geben. Das Fleisch quer zur Faser in

40 sehr dünne Scheiben schneiden und in kleinen Schälchen anrichten. Kurz vor dem Servieren mit der Marinade beträufeln und mit Petersilienblättchen garnieren.
Den Feldsalat putzen und waschen gut schleudern. Weißbrot in kleine Würfel schneiden und in Olivenöl knusprig ausbacken. Dressing herstellen und mit dem Zauberstab einmal kurz aufmixen. Dressing mit dem Feldsalat mischen und dann den Feldsalat zu dem marinierten Tafelspitz geben.
Dazu passt frisches, knuspriges Baguette.

Ossobuco

Zutaten (für 4 Personen):
2 Zwiebeln
2 Möhren
2 Stangen Staudensellerie
3 Tomaten
2 kg Kalbshaxe in Scheiben gesägt
Olivenöl
1 Bund Petersilie
50 g Butter
250 ml Rotwein
200 ml Kalbsfond (wenn nicht selbst gemacht, dann aus dem Glas)
Je ½ TL fein geschnittenes Basilikum und Thymian
2 Lorbeerblätter
3 Chilischoten

Zubereitung:
Die Zwiebeln und die Knoblauchzehe abziehen und fein würfeln. Die Möhren und den Staudensellerie putzen, waschen und ebenfalls würfeln. Die Tomaten über Kreuz

einritzen, kurz mit kochendem Wasser überbrühen und die Haut abziehen. Die Tomaten halbieren, die Stielansätze entfernen und die Tomaten grob würfeln.
Die Kalbshaxen abwaschen und trocken tupfen. Den Hautrand in etwa 2 cm Abständen mit einem scharfen Messer einschneiden, damit sich die Fleischstücke beim Anbraten nicht wölben. Das Öl in einem Bräter erhitzen. Die Kalbshaxenscheiben würzen und in das heiße Öl legen. Von jeder Seite braun anbraten. Das Gemüse dazwischen streuen und mitbraten. Fleisch kurz herausnehmen, damit das Gemüse besser anbraten kann – dann das Fleisch wieder reinlegen. Mit Rotwein ablöschen und zur Hälfte einkochen lassen. Nun Tomaten, Kalbsfond, Basilikum, Thymian und Lorbeerblätter und Chilischoten in den eingekochten Rotwein geben. Die gewaschene und abgetropfte Petersilie mit Küchengarn zusammenbinden und ebenfalls in den Bräter geben. Im vorgeheizten Backofen bei 200 °C etwa 1,5 Stunden schmoren lassen.
Fleisch rausnehmen und die Soße passieren. Während das Fleisch schmort, Kirschen mit dem Kirschwasser marinieren und etwas stehen lassen. In einer weiteren Pfanne Puderzucker schmelzen und mit Tomatenmark anbraten. Diese Masse mit Rotwein ablöschen und zusammen mit einer Zimtstange zu der passierten Ossobucosoße geben. Etwas einkochen und kalte Butterflocken einmontieren. Kirschen dazugeben und mit Bitterschokoladenkuvertüre abschmecken. Ossobuco und Soße auf einem vorgewärmten Teller anrichten.
Dazu passen breite Nudeln.

Orangenflan mit Orangen-Ingwersoße

Zutaten (für 4 Personen):
4 große Bio-Orangen
75 g Rohrzucker
Flüssiger Süßstoff nach Belieben
4 Eier

Zubereitung:
Alle Orangen halbieren und von 1 ungeschälten Frucht Orangenfilets lösen. Orangen heiß abspülen und trocken reiben. Die Schale von 1 Orange auf einer feinen Reibe abreiben.
Restliche Orangenhälften auspressen, 400 ml Saft abmessen und durch ein feines Sieb in eine Rührschüssel gießen.
Die Hälfte des Zuckers zufügen und nach Belieben mit flüssigem Süßstoff abschmecken. Eier dazugeben und mit den Quirlen eines Handmixers cremig, aber nicht schaumig schlagen. Geriebene Orangenschale unterziehen.
4 ofenfeste Förmchen (à ca. 150 ml) oder hohe Tassen kalt ausspülen und bereitstellen. Den restlichen Zucker in einer Pfanne bei mittlerer Hitze unter Rühren schmelzen und goldbraun karamellisieren lassen. Etwa 2/3 des Karamells vorsichtig in die vorbereiteten Förmchen gießen.
Im übrigen Karamell die Orangenfilets wenden, herausnehmen und auf einem Kuchengitter oder auf Alufolie abkühlen lassen. Die Orangen-Eier-Mischung auf die Förmchen verteilen. Förmchen in einen Topf mit kochend heißem Wasser stellen – sie sollten zu etwa ¾ im Wasser stehen. Deckel auflegen und die Flans bei kleiner Hitze in 35 bis 40 Minuten stocken lassen.
Mit einem Holzspieß vorsichtig in die Mitte eines Flans stechen: Kommt er sauber wieder heraus, ist der Flan gar. Förmchen aus dem Topf nehmen und mindestens 2 Stunden abkühlen lassen.

Mit einem spitzen Messer behutsam jeweils am Rand der Förmchen entlangfahren, damit sich die Flans besser lösen, und auf Teller stürzen. Mit den karamellisierten Orangenfilets garnieren und servieren.

Orangen-Ingwersoße
3 Bio-Orangen
Etwas Zitronenmelisse
Ingwerwurzel
Speisestärke
1 Limette

Zubereitung:
Mit dem Sparschäler die Schale einer Orange dünn abschälen. Saft von drei Bioorangen auspressen. Ingwer (Menge nach Belieben) fein raspeln. Schale der Limette abraspeln. Orangensaft, Ingwer, Limetten- und Orangenschale in einen Topf geben und warm werden lassen. Speisestärke einrühren, bis die Soße leicht dicklich wird. Abkühlen lassen. Orangenflan auf die Teller stürzen, mit Zitronenmelisseblättchen garnieren und die Soße dazugeben. Servieren.

Rezepte aller Gerichte die Nina Zinsendorf bei ihrem Seminar ›Wein und Käse‹ vorgestellt hat:

Roquefortparfait mit marinierten Weintrauben und Nüssen.

Frischkäseterrine mit Honig und Thymian

Zanderfilet mit Birnen-Blauschimmel-Ragout und Vanille-Risotto

Gebackener Ziegenkäse mit Rhabarberkompott

Roquefortparfait mit marinierten Trauben und Erdbeeren

Zutaten (Vorspeise: ergibt 14 Scheiben):
150 g Roquefort
250 ml Milch
100 g Kräuterkäse
Paprikapulver, edelsüß
Weißer Pfeffer aus der Mühle
Etwas Salz
Kirschwasser
500 ml Schlagsahne
2 Rispen weiße Trauben, kernlos
2 Schälchen frische Erdbeeren
Etwas Tresterbrand
Etwas Orangenlikör

Zubereitung:
Die Milch bei milder Hitze mit dem vorher grob zerteilten Roquefort zum Kochen bringen. So lange rühren, bis der Käse sich in der Milch aufgelöst hat.
Eigelb und Kräuterkäse mit dem Handrührer schaumig rühren und in die heiße Roquefortmilch einrühren. Den Topf von der Kochstelle ziehen. Die Masse mit den Gewürzen abschmecken und im Eiswasser kalt schlagen. Je nach Geschmack mit Kirschwasser würzen.
Die Schlagsahne steif schlagen und in drei Teilen zu der Creme geben und mit dem Schneebesen leicht unterheben. Alles in eine Terrinenform (ca. 800 g) füllen und über Nacht ins Gefrierfach stellen.
Die Trauben waschen und halbieren. In Trester und einem Schuss Orangenlikör abgedeckt marinieren.
1 Stunde vor dem Servieren, das Parfait aus dem Gefrierfach nehmen und antauen lassen. Die Erdbeeren putzen, waschen, vierteln und zu den marinierten Trauben geben.

Parfait in ca. 1 cm dicke Scheiben schneiden und auf den Portionstellern anrichten.
Erdbeeren und Trauben aus der Marinade nehmen, abtropfen lassen und zu dem Parfait auf die Teller geben. Sofort servieren. Dazu passt Toast.

Frischkäseterrine im Spinatmantel mit Honig und Thymian

Zutaten (für 6 Portionen):
500 g Frischkäse
Salz und Pfeffer aus der Mühle
3 Hände voll Blattspinat
6 Blatt weiße Gelatine
1 Rispe Weintrauben, weiß und kernlos
1 kleines Glas Tannenhonig
1 Bund Thymian

Zubereitung:
Frischkäse mit Salz und Pfeffer gut verrühren.
Gelatine in kaltem Wasser 10 Minuten einweichen. Die ausgedrückte Gelatine vorsichtig erwärmen, bis sie flüssig ist und dann mit dem Frischkäse verrühren.
Blattspinat blanchieren, mit kaltem Wasser abschrecken und gut ausdrücken. Eine Terrinenform mit Frischhaltefolie auslegen und am Boden und an den Rändern gleichmäßig die Spinatblätter verteilen.
Ein Drittel der Frischkäsemasse einfüllen. Die vorher gewaschenen Trauben darauf gleichmäßig verteilen und dann das zweite Drittel Frischkäse darauf geben. Wieder Trauben einlegen und mit der restlichen Frischekäsemasse bedecken. Mit Spinatblättern abdecken. Über Nacht im Kühlschrank durchziehen lassen.
Thymian zupfen und fein hacken. Vor dem Servieren die

Terrine in Scheiben schneiden und auf den Portionstellern anrichten. Mit dem Thymian und dem Honig garnieren. Dazu passt knuspriges Baguette.

Zanderfilet mit Birnen-Blauschimmel-Ragout und Vanillerisotto

Zutaten Vanillerisotto (für 4 Personen):
70 g Schalotten
50 g Butter
300 g Risottoreis (Arborio, Vialone Nano oder Carnaroli)
100 ml trockener Weißwein
800 bis 1000 ml Kalbsfond
1 Vanilleschote

Zubereitung:
Kalbsfond in einem Topf erhitzen. Inzwischen Schalotten fein würfeln.
Vanille aus der Vanilleschote kratzen.
Butter in einem Topf schmelzen. Schalotten darin andünsten. Risotto (Rundkornreis, z. B. Arborio, Vialone Nano, oder Carnaroli) darin andünsten. (Der Reis wird nicht gewaschen, denn sonst wäscht man die Stärke ab, die man für die Sämigkeit eines Risottos benötigt). Reis mit Wein ablöschen. Anschließend ¼ des heißen Fonds (der Fond ist heiß, damit nie der Garprozess beim Kochen unterbrochen wird) zum Risotto geben. Unter nicht zu häufigem Rühren (wenn gerührt wird nur mit Holzlöffel, damit die Reiskornstruktur nicht verletzt wird) das Risotto garen, bis die Flüssigkeit aufgenommen ist. Risotto weiter nach und nach mit Fond auffüllen und einkochen lassen. Risotto gart je nach Reissorte 18 bis 22 Minuten. Den Topf vom Herd nehmen und Butterstückchen und die Vanille unter das Risotto rühren. Sofort servieren.

Zutaten Zander mit Birnen-Blauschimmel-Ragout:
4 Zanderfilets
Meersalz, Pfeffer aus der Mühle
Saft einer Zitrone
4 Birnen
2 mittelgroße Zwiebeln
4 EL Olivenöl
1 TL Zucker
200 ml Sahne
100 g Blauschimmelkäse

Zubereitung:
Fischfilets waschen, trocken tupfen, salzen, pfeffern und auf einem Teller mit dem Zitronensaft marinieren. Birnen schälen, entkernen und in feine Scheiben schneiden. Zwiebeln fein hacken. 2 EL Olivenöl erhitzen und Zwiebeln darin goldgelb anbraten.
Birnen zugeben. Zucker zugeben und kurz karamellisieren lassen. Mit Sahne aufgießen und einige Minuten einkochen lassen.
Den Blauschimmelkäse in grobe Stücke zerteilen, hinzufügen und bei milder Hitze schmelzen lassen. Nach Belieben mit Salz und Pfeffer abschmecken.
In einer beschichteten Pfanne das restliche Öl erhitzen und die Fischfilets auf jeder Seite etwa 2 bis 3 Minuten braten.
Risotto, Fisch und Ragout auf vorgewärmten Tellern anrichten und sofort servieren.

Gebackener Ziegenkäse mit Rhabarberkompott

Zutaten (18 Stück):
250 g Rhabarber
5 EL Honig
1 TL Ingwer, gerieben
1 Rolle Ziegenkäse (ca. 120 g)
1 Pckg. Strudelteig aus dem Kühlregal (ca. 20 x 20 cm)
Butter zum Bestreichen
Radicchioblätter zum Garnieren

Zubereitung:
Rhabarber waschen, holzige Teile und Fäden entfernen und in ca. 1 cm große Stücke schneiden. Honig mit dem Ingwer und dem Rhabarber in einem Topf erwärmen und einmal wallend aufkochen lassen. Topf vom Herd ziehen und zugedeckt 5 bis 7 Minuten ziehen lassen. In der Zwischenzeit den Ziegenkäse in etwa 1 cm dicke Scheiben schneiden.
Den Strudelteig in je 9 gleich große Rechtecke schneiden und je eine Scheibe Käse in die Mitte legen. Etwas Rhabarber auf den Käse legen und die Ränder des Teigs mit etwas Butter bestreichen. Die Teigblätter wie ein Säckchen über dem Käse zusammendrücken und auf ein Backblech legen. Die Käsesäckchen im vorgeheizten Backofen bei 200° (Umluft 180°) etwa 12 bis 15 Minuten backen.
Radicchioblätter waschen, abtropfen lassen, in feine Streifen. Die Käsesäckchen auf einem Portionsteller anrichten, etwas Kompott dazugeben und mit den Radicchiostreifen garnieren. Dazu passt Pumpernickel oder normales Schwarzbrot.